당신의
자화상

당신의 자화상

홍승룡 소설집

장수출판사

책머리에

　문학이라는 꿈이 있어 사는 것이 행복했던 때도 있었습니다. 여러 갈래 길을 기웃거리다 느지막한 시간에 조금은 부끄럽습니다. 세상이 너무 많이 변했지만 그때 가졌던 초심初心을 간직하고 싶습니다.

　소설은 살아있는 사람을 그려야 합니다.
　말하고 행동하고 활기 있는 멋진 인간, 만질 수 없는 그리움까지 그려 인생을 재현再現하는 거울이라 합니다.

　가끔 게으름을 피울 때, 당신은 내 손을 잡아끌기도 하고 뒤통수를 치기도 했습니다. 그간 격려해주시고 지도해주신 여러분께, 그리고 장수 출판사 권기택 사장님께 고개 숙여 감사드립니다.

　이 작품집을 발간 할 수 있도록 지원해주신 대전 문화재단에도 감사를 드립니다.

차례

책머리에 9

당신의 자화상 13
그 해, 그 섬에서 있었던 일 36
형제의 난亂 57
당신과 영원히 함께 81
홍석의 꿈 101
오래된 사람들 124
추억의 사슬 144
그녀의 방 (1) 164
그녀의 방 (2) 180
그녀의 방 (3) 199
화려한 그늘 214

당신의 자화상

나에게 벽화는 처음이 아니었다. 친구 박을 따라 공장의 담장에다 30미터가 넘는 그림을 그려 준 적이 있었다. 여름 한 달을 그 그림에 매달려 끙끙거렸는데, 마무리 무렵, 어느 날 아침에 가보니 그림 위에다 누가 마구잡이로 흰 페인트칠을 한 것이 아닌가. 정말 온몸에 맥이 쭉 빠져 버렸다. 알고 보니 그림의 내용을 문제 삼아 하룻밤 새 지워버렸던 것이었다.

박과 나는 대학 시절부터 캔버스를 들고 늘 붙어 다니다시피 했다. 우리는 조용한 화실의 한쪽 벽만 바라보며 팔려 갈 차례를 기다리는 그림을 그리는 것은 무의미하다고 생각했다. 인간과 사물의 뒤에 있는 그림자를 그려내는 것, 이것이 우리들이 나가야 할 예술적 과제라고 생각했다.

그 당시, 나는 지치고 황폐해지고 있었다. 아내와의 다툼 때문이었다.

대체로 사소한 일이 발단이 되었다. 나도 아내도 고집이 센 편이었고, 두 사람 모두 육체적으로 지쳐 있었기에 싸움으로 발전하기도 쉬웠을 것이다. 나는 자신의 감정을 말로 표현하는 방법에 익숙하지 못했다. 문을 거세게 닫고 나가버리거나 벽을 향해 헛발질을 하고, 그릇이나 화분 따위를 던져 깨뜨렸다. 그러한 감정의 표현들이 아내와 멀어지게 한다는 것을 알고 있었으나, 그 순간을 넘길 수가 없었다.

말로 해 제발. 아내가 화가 나면 빨개진 얼굴로 하는 말이었다.

말로 안 하는 이유가 뭐야? 그러다 다시 이를 악물며 쏘아붙였다.

제기랄 내가 때리기라도 했냐? 아내는 훌쩍거리며 울기도 했다. 결혼 후 사내 못 사내 옥신각신 다투다가, 신경이 극도로 날카로워진 아내는 유산을 했다. 그때 나는 아내가 언젠가는 가출하게 될 것이라는 사실을 이미 알고 있었다. 우리 부부는 서로 파멸로 가듯이 괴로웠다. 내 마음 한쪽 은밀한 구석에서는 아내가 가출하기를 은근히 기다리고 있었는지도 몰랐다. 그 후로 아내는 발작 증세를 보이더니 가출하고 말았다.

이렇게 지낼 때, 기도원 벽화를 그릴 것을 박이 제안해 왔다. 그의 제안을 약간의 주저 끝에 받아들였다. 이름도 없는 기도원 시멘트벽에 그리는 그림에서 무엇을 기대 할 수 있겠는가. 사실 돈도 되지 않고, 예술적 자부심도 기대되는 일이 아니었지만, 현실로부터 탈출해 보고 싶은 강한 욕구에 사로잡혔기 때문이었다.

기도원은 김천 부근에 있었다. 기차에서 내려 역을 빠져나와, 배낭을 메고 어슬렁거리는 걸음으로 시내버스 타는 곳으로 갔다. 박이 알려준 기도원으로 가는 버스는 곧바로 있었.

나는 재빨리 버스에 올라타고 맨 앞자리에 앉으면서 운전기사를 향해 말했다.

"기사님, 한마음기도원 아시죠. 그 기도원 앞에 좀 내려주세요."

운전기사는 나의 차림을 훑어보더니, 어떤 문제를 해결 받으려고 기도하러 가는 사람으로 보는 눈치였다.

"예, 기도하러 가시나 보죠? 알려드릴게요."

노인 몇을 태운 버스는 중간 몇 군데를 정차하면서 쉴 새 없이 달렸다.

"자, 다 왔어요. 저 골짜기 안쪽에 있어요."

이윽고 운전기사가 차를 세우고 한쪽 골짜기를 향해 가리키며 말했다.

"고맙습니다."

나는 다시 배낭을 메고 운전기사가 가르쳐준 방향을 향하여 걸음을 옮기기 시작했다. 골짜기에 접어들자 안내 표시가 있었고, 물 흐르는 소리가 요란하게 들려왔다.

날이 어두워지기 시작했다. 얼마쯤 가다가 몇 동의 건물이 보였다. 기도원이었다. 백열등 가로등이 건물을 둘러싸고 있었다. 입구에 있는 2층 건물이 본관이 틀림없을 것이라는 확신을 갖고 그쪽을 향해 걸어갔다. 어떤 사내가 그쪽에서 걸어오다가 나를 보고는 목례를 했다.

"사무실로 가려면 어디로 가야 합니까?"

나는 약간 긴장된 목소리로 물었다.

"바로 저깁니다."

사무실이 나타났다. 유리창 미닫이문을 살며시 열고 들어갔다. 사무실 안에는 작은 책상이 하나 있었고, 젊은 원피스 차림의 여자가 앉아있었다.

나는 그를 향해 말했다.
"원장 목사님 계십니까?"
"어디서 오셨는데요?"
그녀는 자리에서 일어서며 슬쩍 미소를 지으며 말했다. 종교적인 친절함이 배어 있었다.
"예, 저는 원장 목사님의 부탁으로 서울에서 벽화를 그리러 온 신철민이라 합니다."
"아, 그러세요. 그렇지 않아도 화가 선생님이 오실 거라고 하셨는데"
그녀는 갑자기 반가운 표정으로 의자를 내어주며 앉을 것을 권했다.
"고맙습니다."
사무실 벽에는 태극기가 걸려있었고, 그 아래로는 공공기관으로부터 받은 감사장 서너 개가 액자에 넣어 걸려있었다. 나는 기도원의 선입견과는 달리 상당한 공신력까지 갖추고 있다는 느낌을 받았다.
"그런데 어쩌나, 목사님은 지금 출타 중이세요, 그러나 걱정하지 마세요. 우리 사무장님이 다 알고 계실 테니까. 잠깐만 기다려주세요. 연락하면 곧 오실 거예요. 저는 김마리아 집사라고 해요."
그녀가 전화기를 들고 뭐라고 말하자, 잠시 후 머리를 짧게 깎은 검정 잠바 차림의 사내가 들어왔다. 나와 눈이 마주치자, 이빨을 훤히 드러나게 미소를 짓는 그는, 40대 후반으로 호인다운 인상을 주었다.

"화가 선생님이시군요? 목사님한테 말씀 들었습니다."

그는 손을 내밀며 악수를 청했다. 그의 손은 크고 힘이 들어 있었다.

"저는 사무장 안태선입니다. 아침에 친구분이 전화하셨어요. 그렇지 않아도 기다리고 있었습니다."

"예, 저는 신철민이라 합니다. 잘 부탁드립니다."

"저는 저녁 예배 시간이 되어서 참석해야겠고, 여기 생활에 대해서는 김마리아 집사가 안내할 것입니다. 나중에 뵙겠습니다."

그가 급히 나가자 원피스 차림의 김마리아 집사는 나에게로 몸을 돌리며 일어섰다.

"저를 따라오세요. 앞으로 머무실 숙소로 안내해 드리겠습니다."

나는 배낭을 들고 일어섰다. 앞서가는 그를 따라가자니 불현듯, 그녀에게서 이미 오래전에 잊고 지냈던 먼 옛날의 그리움 같은 게 느껴졌다. 당황스러운 기분이었다. 그러자 집을 나간 아내의 모습이 떠올랐다. 아내를 생각하자, 다시 무언지 모를 연민과 죄책감이 되살아났다.

큰 건물이 나타났다. 예배당 같았다. 꼭대기에서는 십자가의 붉은 빛이 흘러내려 지붕을 덮고 있었다. 이런 골짜기에 이렇게 큰 건물이 있다니, 놀라움을 감추지 못했다. 안으로는 환한 불빛이 쏟아지고, 힘찬 박수의 장단에 맞춰 찬송 소리가 우렁차게 들려왔다. 그 건물을 지나자, 야트막하고 길게 지어진 건물이 나타났다.

"이곳입니다."

그녀는 6호실 팻말이 붙어 있는 방을 가리키더니, 자물통을 풀며 문을 열었다. 안에는 작은 책상이 놓여 있었고 그 옆으로는 옷장도 보였다. 신발을 벗고 배낭을 내려놓자, 기다렸다는 듯이 옆방 5호실 문이 열렸다. 50쯤 되어 보이는 대머리 사내였다.

"이 방으로 오시는군요. 반갑습니다."

"아니, 예배 시간인데 지금 뭐 하세요?"

그는 김마리아 집사의 꾸중 섞인 말투에 익숙한 듯 아무 대답도 없이 자기 방문을 닫아버렸다.

"피곤하실 텐데 쉬세요. 불편하시거나, 필요하신 것 있으시면 사무실로 오세요. 식당은 본관 예배당 옆에 있어요. 그럼 쉬세요."

그녀가 말을 마치고 떠나자, 방문을 닫고 싸늘한 방바닥에 벌렁 누웠다.

10여 분쯤 지났을까. 문을 두드리는 소리와 동시에 문이 열렸다. 나는 당황했다. 대머리 사내가 미소를 지으며 방으로 들어오더니 벽을 기대고 털썩 주저앉았다. 그리고는 종이컵으로 덮인 작은 병과 과일 접시를 내놓았다.

"이 기도원에서 담근 포도주인데 맛이 일품이지요. 무슨 절기 때나 성찬식에도 사용한다는 데, 피로할 때도 아주 좋습니다."

포도주를 주고받으며 그렇고 그런 인사가 끝났다. 내가 알게 된 것은 그가 소설집을 두 권이나 펴낸 작가라는 것이었다. 그의 말은 계속되었다.

"화가 선생님이 우리 기도원에 벽화를 그리러 오신다기에 기다렸습니다. 저는 중국 남북조 시대 양나라의 화가 장승요를 존경합니다. 그가 금릉에 있는 안락사의 벽화를 그렸지요. 장승요가 용을 그려 하늘로 날려 보내듯이 선생님도 예수를 그려 하늘로 승천하게 하든지, 땅으로 재림하게 하든지 해야 합니다. 선생님도 그런 벽화 한 번 만들어 보세요. 기도원에서도 그것을 원할 것입니다."

나는 퍼뜩 화룡점정畵龍點睛이란 고사성어가 생각났다. 네 마리 용을 그렸는데 눈동자를 그리지 않았다. 이상스럽게 여긴 사람들이 그 까닭을 물었다. '눈동자를 그리면 용이 날아가 버리기 때문이다.'라고 말하자 사람들이 곧이듣지 않았다. 점을 찍어 눈동자를 그릴 것을 졸랐다. 그래서 할 수 없이 점을 찍어 눈동자를 그려 넣었다. 그러자마자 우레와 같은 소리를 내며 네 마리의 용들은 하늘로 올라가 버렸다.

"화가들은 마음속에 붓을 담갔다가, 자신의 생각을 그림으로 나타내는 것 아니오? 단 한 폭의 그림으로 설교자들의 서른 번 설교보다 더 많은 영혼을 구해낼 수 있다고 생각합니다."

그는 연거푸 마셔댄 포도주 탓인지 말이 많아지더니, 자기가 쓴 소설의 주인공에 대해서도 횡설수설하다가 돌아갔다.

이틀을 쉬고 셋째 되는 날, 나는 배낭에서 페인트 자국으로 얼룩덜룩한 작업복을 꺼내 입었다. 그리고는 갈색 등산모를 썼다. 마스크를 쓰고, 목에다 붉은 수건 한 장을 둘렀다. 그리고는 흰 목장갑을 끼자, 완전히 다른 모습이 되었다. 밖으로 나오자 사람들은 그런 나의 모습에 내가 비로소 화가라는 사실을 발견한 듯한 표정이었다.

양동이와 대야 같은 걸 얻으러 주방에 들렀을 때, 마침 그곳에서 만난 사무실의 김마리아 집사도 그런 사람 중의 하나였다.
"어머! 이제 일을 시작하시려고요? 필요하신 거 있으면 언제든지 말씀해 주세요."
그녀는 너무 반가운 듯이 환한 미소를 지으며 말했다.
"예, 시작해보려고요."
"좋은 작품 기대할게요."
우선 작업대를 찾았다. 창고에서 건물을 보수할 때 사용했던 작업대가 있었다. 옮기는 일이 문제였다. 쓰지 않고 창고 깊숙한 곳에 있어서 대여섯 명을 불러 모아 끙끙대며 한 시간쯤 걸렸다. 나는 옮긴 작업대에 올라가 먼저 빗자루로 벽을 깨끗이 쓸어댔다. 그리고는 커다란 깡통의 페인트를 작은 통으로 옮겨 개기 시작했다. 그 일을 하는 동안 대머리 소설가 홍씨도 신이 났다. 필요한 도구를 가져오며 마치 자기가 그림을 그릴 당사자처럼 부산을 떨어댔다.
"나도 한때는 그림을 좋아해서 화가가 될 꿈을 꾼 적이 있었다오. 그런데 그릴 구상은 다 되었습니까?"
그가 무언가 아는 것처럼 물어왔을 때,
"모르겠소."
나는 다소 애매하고 무뚝뚝하게 대답했다.
"원장 목사님한테 신고하고, 시작해야 되는 것 아니오? 괜히 시작했다가 혼나지 말고."
나는 그의 말을 무시했다. 못 들은 척했다. 일단 시작하고 보자. 시작해놓고 보면 무언가 이루어지기 마련이다. 나의 머릿속에는 분명한 구상이 잡혀있지 않았다. 무언가 떠오르는 것이 있기는 했지만, 그것을 어떻게 처리할까 혼란스러운 상태였다. 구체적인 그림이 떠오르지 않았지만 일단 시작하는 것이 좋을 것 같았다. 계속 시간만 보내면, 그에 따라 초조한 마음이 들기 시작할 것이다.

"내가 조수가 되었으니 어떤 그림을 그릴 것인지 말해줄 수 없겠소?"

대머리 소설가 홍씨는 작업대에서 내려온 나를 빤히 바라보며 물어왔을 때, 나는 밑그림 그릴 물감을 섞으면서 다소 귀찮은 듯 말했다.

"광야의 예수를 그릴 생각이오."

"광야의 예수라?"

그는 뜻밖이라는 듯이 놀라며 혼자 중얼거렸다.

"주여 저자에게 성령을 주옵소서."

그리고는 갑자기 일어서서 두 팔을 들어, 하늘을 향하여 외치듯 중얼거렸다.

"주여 저자에게 성령을 주옵소서. 성령의 인도함을 주셔서, 당신의 형상을 나타내게 하소서."

그리고는 무슨 말인지 한참을 중얼거리더니 팔을 내리고 아멘, 아멘으로 끝을 맺고, 먼 하늘을 바라보며 생각에 잠겼.

처음에는 그냥 아무렇게나 광야의 예수라고 던진 말이었다. 그렇게 말하고 나니까 나 역시 머릿속에 무언가 분명한 하나의 상이 떠오르는 기분이었다. 무엇의 끌림인가? 그래, 어쩌면 대머리 소설가 홍씨의 기도로 무엇이 내게로 전이 되었을까? 내가 그리고자 했던 것을 하나님이 인도하실지 모르겠다는 생각이 퍼뜩 떠올랐다.

멀리 새벽이 밝아오는 광야의 지평선을 배경으로 어린 양을 안고 그 양을 구원시켜야겠다고 깊은 생각에 젖은 얼굴. 갈색 머리를 길게 한 젊은이. 인간 존재의 구원의 연민. 미래에 닥쳐올 끔찍한 죽음에 대한 불안. 그런 것들일까. 그것이 나의 머릿속에서 맴돌다 대머리 소설가 홍씨에 대한 대답과 함께 떠오른 그림이었다.

"당신은 교회를 얼마나 다녔소? 살아계신 하나님의 존재를 믿소?"

이윽고 대머리 소설가 홍씨가 다시 물었다.

"교회는 조금 다녔지만 ……."

나는 내가 생각해도 신자로 자부할 입장은 못 되었다. 교회에 열심을 보이지 않을 때였다.

"그럼 예수님의 부활은 믿습니까?"

그는 나에게 당돌한 질문을 던졌다. 그런 종류의 질문은 누가 내게 던졌을 때, 그 답변이 가장 궁한, 두려운 질문이기도 했다. 그러자 그는 나에게서 어떤 모습을 알아차렸는지, 어려움 없이 그 대답을 풀어나갔다.

"부활을 믿지 않고 어떻게 이곳에 왔겠습니까만, 예수님은 십자가에 못 박혀 죽으시고 장사한 지 사흘 만에 살아나지 않았습니까. 그러자 그분의 주위에 있던 여러 제자들이 살아나신 예수님을 똑똑히 보았다고 말했지요. 그런데 제자 도마만은, 십자가에 못 박힌 예수님의 그 못 자국을 직접 손으로 만져보지 않는 이상 나는 그분의 부활을 못 믿겠다고 말했지요. 냉철한 이성과 과학을 앞세우는 오늘날 현대인은 다 도마와 같은 그런 질문을 마음속에 품고 있을 것입니다. 그러자 예수님이 친히 도마 앞에 나타나, 못 자국으로 피 묻은 손을 보였습니다. 그러나 나는 지금 도마 시대에 살고 있지 않으므로 그분의 피 묻은 못 자국 흉터는 직접 볼 수가 없지요."

그런데 그의 다음 말에 비약이 심했음에도 불구하고 내 가슴을 찔렀다.

"저는 예수님의 못 박힌 그 핏자국을 가난한 자의 신음과 그들이 흘리는 눈물과 고통을 통해 지금도 늘 보고 있습니다. 예수님은 이 땅 위의 고통받는 자들 속에서 다시 부활하신 것입니다. 너희들을 대속하여 내가 십자가에 달려 죽을 때의 모습이 이러하다고, 예수님은 많은 가난한 자들의 모습으로 지금도 부활하여 도마 앞에 보여주듯이 우리에게 너희들이 나를 위해 할 일이 무엇이냐고 물으십니다."

잠시 생각하다가 내가 무뚝뚝하게 대답했다.

"그럼 천국이 있다고 해도 매력을 느끼지 않소?"

"나는 천국이 어떻고, 지옥이 어떻다는 둥 말하고 싶지 않아요. 양쪽 다 문제는 있을 것이요. 안 그래요?"

나는 그림의 생각에 빠져 있기 때문에, 그의 말을 한 귀로만 들으면서 기계적으로 대답했다.

"아무튼 오늘은 좋아요. 사실 그동안 이곳에서 심심하고 답답했거든요."

대머리 소설가 홍씨는 자기가 괜히 무거운 이야기를 꺼냈다가

겸연쩍다는 듯이 그제야 미소를 지으며 말했다.

가로 세로가 8미터 넓이의 사각 면에 옅은 회색 계통으로 밑바탕을 칠하는 데만 이틀이 걸렸다. 내가 밑바탕 붓질을 하는 동안 대머리 소설가 홍씨는 바로 옆에 있는 언덕에 쭈그리고 앉아 물끄러미 바라보다가, 담배를 피우거나 말참견을 계속했다. 처음의 선입견과는 달리 그는 매우 섬세한 면도 있었다. 어쩌면 가짜 소설가가 아닐지도 모른다는 생각을 갖게 하였다.
"좋은 생각이 하나 떠올랐소."
그가 갑자기 힘주어 나에게 말을 던졌다. 나는 돌아보지 않고 계속 벽만 바라보며 붓칠을 했다.
"나는 언젠가 당신을 내 소설 속에 등장시키겠소."
나는 그 순간 하마터면 웃음이 터져 나올 뻔하였다. 그러나 그 대신 빙그레 미소만 지었다.
"비극적인 예술가로 말이오."
대머리 소설가 홍씨는 계속 말을 이어 나갔다.
"당신 몸에서는 비극적인 냄새가 나요. 당신의 붓질에서도, 그리는 그림에서도 뻔하오."
그리고는 잠시 말이 없다가 다시 말했다.
"이곳 기도원에 들어와 있는 사람들이 거의 그렇지만"

닷새째 되는 날도 작업은 계속되었다. 수성 페인트가 마르는 데는 시간이 상당히 걸렸다. 본그림, 예수의 윤곽을 분명하게 표시했다. 나머지 공간의 하늘은 약한 청색으로, 광야는 밝은 주황

색으로 깔았다. 그렇게 한 다음 나는 조금씩 세밀하게 색을 입혀 나가기 시작했다. 벽은 넓고 작업대는 낮아 무척 힘이 들었다.

새벽의 하늘빛을 표현하는 것은 무척 어려운 일이었다. 어떻게 표현할까. 그 하늘빛 색을 표현하기 위해 나는 새벽 일찍 기도원 뒷산으로 올라갔다. 어둑한 숲길을 따라 뒷산 꼭대기에 올라 밝을 때까지 변화하는 하늘의 색깔을 관찰해보기 위해서였다. 그러한 하늘의 색채와 조화를 이루어야 하는 것이 광야의 색채였다.

작업은 순조롭게 진행되었다. 아침 식사를 하고, 일을 시작하여 점심 때까지 쉬지 않았다. 식사 후엔 약간의 휴식을 가진 후, 다시 저녁 해가 질 무렵까지 계속하는 그런 일이었다.

다만 대머리 소설가 홍씨만은 처음이나 다름없이 일하는 옆에 앉아서 이것저것 묻기도 하고 잔소리를 늘어놓았다. 어떤 때는 마실 물을 가져오기도 하고, 잔일을 거두어 주기도 했지만, 빈둥거리면서 말참견을 하는 것이 고작이었다.

"정말 대단하군요. 그렇게 단순한 색채를 통해서 인간의 고뇌를 표현할 수 있다니"

그는 혼자 중얼거리듯이 말하기도 했다.

"만일 신이 있다면 당신은 그 신이 지금 무엇을 해 줄 수 있다고 생각하시오? 신의 존재를 감히 인간의 입으로 논하기는 힘들지만"

하고 도전적으로 물어오기도 했다가 스스로 재미있다는 표정으로 이렇게 중얼거렸다.

"니체가 말했듯이 신은 죽었지요. 이 시대야말로 신은 죽어버린 시대지요. 세상은 마지막으로 달려가고, 신이 죽었으니까 거짓 예수들이 나타나 세상 사람들을 미혹하고 있지요."

나는 그의 말을 한 귀로 들으며 손놀림을 부지런히 했다. 그러면서 속으로는, 대머리 소설가 홍씨 역시 겉으로는 단순하고 낙천적으로 보이지만 사실은 복잡한 인간일지도 모른다는 생각이 들었다.

벽화는 어느 정도 진척되어 멀리서 보아도 어떤 그림을 그리고 있는지 알 수 있게 되었다. 남은 것은 그림 중에서 가장 중요한 부분의 예수 형상이었다.

처음에는 낡고 찢어진 옷을 입고 양을 안고 있는 모양을 그리려 했지만 그만 생각을 바꾸어 밝은 흰옷을 입고 두 팔을 들어 축복하는 모습으로 바꾸었다.

이제 남겨둔 것은 예수의 얼굴 부분이었다. 그리고 그림 전체에 흐르는 감정과 분위기를 살려야 할 순서였다. 예수의 얼굴 부분은 대충 윤곽이 잡혀갔다. 그렇지만 얼굴에 담긴 표정을 나타내기엔 힘들었다. 좀더 세밀한 붓질이 가야만 했다.

그림이 완성되어가자, 기도원 사람들은 하나둘씩 찾아왔다. 사무실 직원들도 식당에서 일하시는 분들도, 참을 수 없는 궁금증이 들었는지, 내가 그리는 그림을 보러 와서 남은 그림 예수의 얼굴에 대하여 서로 이야기를 나누었다.

"선생님 수고가 많으십니다."

사무장이 한참을 바라보다가 이빨을 훤히 드러내는 미소를 지으며 말했다.

"그렇지 않아도 목사님께서 연락이 왔어요. 선생님의 그림에 대하여 말씀드렸더니 빨리 보고 싶다면서 수고와 감사의 말씀을 전해달라고 하셨어요. 모레쯤 돌아오신다고 하시면서."

사무장이 사라진 뒤 김마리아 집사도 찾아왔다. 그녀는 과일과 음료를 쟁반에 담아 왔다. 남들 눈에 띄지 않도록 보자기로 덮어서 살짝 놓고 갔다. 그러나 대머리 소설가 홍씨의 눈은 속일 수가 없었다. 그만 들키고 말았다.

"아아 당신은 정말 행복한 사람이요."

그는 껄껄 큰 소리로 웃으면서 놀리듯 말했다.

"이 기도원에서 그녀에게 일찍이 이런 대접 받은 사람은 없습니다."

그런 다음 자기가 먼저 과일 조각을 집어 버석버석 먹어 치우는 것이었다.

이제 서두르면 하루분의 일만 남았다. 마지막 일을 앞두고 하루를 쉬었다. 아침 식사 후 기도원 뒷산에 올랐다. 뒷산의 정상은 생각보다 높았다. 사람들이 다니는 작은 길로 올랐으나, 한참을 걸어 올라도 어쩐지 기도원은 보이지 않았다. 그래서 나무 사이로 이루어진 수풀을 헤집으며 기도원 쪽의 방향을 생각하면서 골짜기로 정상까지 오를 수 있었다.

마침내 기도원이 내려다보이는 정상 근처의 바위에 자리를 잡고 앉았다. 골짜기에는 아침 안개가 가라앉고 있었다. 한참을 바라보고 있을 때 스치고 지나가는 바람이 가슴에 파고들어 쓸쓸함을 느끼게 했다. 산과 산 사이 골짜기에서 까마귀가 울어 대더니, 이름 모를 새들도 울어댔다. 외로움이 안개처럼 몰려왔다. 그 외로움 속에 아내의 모습이 떠올랐다. 그녀는 지금 어디에 있을까. 나처럼 방황하지는 않을까. 생각하면 둘 사이가 이렇게 변한 것은 누구의 탓일까. 꼭 누구의 탓만은 아닐지 모른다. 사랑에 기대에 한 평생 살아간다는 일이 얼마나 힘들까. 변덕 많은 인간 세상에서는 처음부터 불가능한 일일 것이다. 지금은 어디서 무얼 하며 지낼까. 자기처럼 혼자 방황하고 있을, 아내의 그림자가 떠올라 가슴이 미어져 왔다.

마지막 부분을 어떻게 표현할까. 예수는 왜 황량한 들판에서 무엇을 간구했을까. 추위와 외로움에 떨다가 밝아오는 아침햇살과 함께 인류의 구원을 꿈꾸었을까. 그는 왜 죽음으로써만 자신의 영광을 드러낼 수밖에 없었을까. 만일 인류를 위한 구원이라면 그 방법 밖에 없었을까. 과연 무엇을 위한 구원일까. 구원 이후에는 어떻게 될까.

대머리 소설가 홍씨의 말처럼 그가 만일 살아있다면, 밤마다 울부짖는 상처받은 영혼들의 처절한 음성에 왜 귀를 기울이지 않을까. 왜 외면할까. 그가 정말 죽은 것이 아닐까.

점심을 잊은 채, 나는 하루종일 산속을 돌아다녔다. 가시덤불에 손등이 긁혔다. 나뭇가지가 바지자락에 말려들었다. 이름 모를 꽃들도 있었다. 그러면서도 이런저런 의문에 시달렸다. 그러나 아무런 해답을 찾지 못하고, 오후 늦게야 산에서 내려왔다.

기도원은 평화로웠다. 사회생활에서 벗어나 이곳에서 지내는 사람들도 많았다. 경제의 파탄으로 신체의 장애로 불치의 병으로. 낮에 보면 모두가 친절하고 부드러웠다. 아무런 문제를 느끼지 않는 사람들이었다. 그러다 밤이 되어 어둠 속으로 접어들면, 상처받은 영혼이 터지기 시작한다. 처절한 음성으로 울부짖는 기도를 하는 것이었다. 골짜기 어둠 속 여기저기서 처절하게 울부짖는 기도 소리는 하나님도 들어 주시지 않을 수 없을 정도였다. 그러다 다음 날 아침이 되면, 누가 간밤에 그렇게 처절하게 울부짖는 기도를 했는지 아무도 모를 정도였다. 모두 다 조용하고 평안한 얼굴들이었다.

저녁노을의 산 그림자가 날개를 펴서 기도원 건물을 감싸기 시작했다. 그러나 건물 끝에 자리 잡은 넓은 벽면에는 마지막 손질을 기다리는 미완성의 벽화가 저녁 노을에 잠기며 신비스러운 빛을 내고 있었다.

이튿날 하루 종일 나는 식사도 잊어버린 채, 신들린 사람처럼 벽화에 매달렸다. 일에 미쳐가고 있었다. 한 가지 일에 몰두하는 사람들이 그렇듯이, 나는 얼빠진 사람처럼 보였다. 옷에 얼굴과 손발까지 페인트 얼룩이 덕지덕지 붙어 있었다. 눈빛은 멍한 듯이 보이다가 날카로워 보이기도 했다. 어쨌든 그것은 나만의 세계에 깊이 빠져 다른 사람의 접근을 허용하지 않는 것처럼 보였다. 말하자면 나는 조금씩 그 일에 미쳐가고 있었다.

처음에는 내가 식사 시간을 잊어버린 줄 알고 누군가가 부르러 왔다. 내가 아무 말도 들은 체하지 않고 계속 일에 열중하는 것을 보고 고개를 흔들며 돌아갔다.

"선생님 쉬었다 하세요."

김마리아 집사가 다시 나타나 큰 소리로 말을 걸어왔다.

나는 말없이 미소로써 대답을 대신하였다.

점심시간이 두어 시간 지날 무렵, 그녀는 죽을 끓여왔다. 그녀는 걱정스러운 표정으로 나를 올려다보면서 들고 할 것을 권했으나, 나는 한 옆에다 두고 가라 시키고는 작업을 계속하였다.

"선생님. 이제 완성되나요? 빨리 끝내고 가실 작정이시지요. 조심하세요."

그녀는 흰색 재킷을 입고 있었다. 그 흰색 재킷 속에 받쳐 입은 빨간 투피스와 어울려 무척 밝아 보였다. 잠시 그를 보고 있다가 붓칠을 계속하자니 선미가 떠올랐다.

선미는 같은 대학 같은 과 일 년 후배였다. 그녀는 빨간색 계통의 장식이 많은 옷을 즐겨 입었고 귀에는 커다란 귀걸이를 하고 다녔다. 세련되고 예쁘기는 했으나, 허영심이 많고 경박스러웠다. 이십 대에는 어떤 것도 놓칠 수 없다고 생각하는 여자였다. 노래와 춤은 물론 어쩌면 유부남 취향도 그녀가 놓칠 수 없는 여러 가지 일 중의 하나였을 것이다. 대학 졸업 후 디자인 회사에 취업하여 그 회사 상무와 팔 개월 정도 만나다, 들통이 나서 파문을 일으키더니, 지금은 다시 자기보다 한 살 아래인 남자 아이와 사귄다는 소문만 들리는 선미, 그는 지금 어디서 누구와 지낼까. 그런 선미를 혐오하면서도, 약간의 동정심도 갖고 있었다. 한때는 그에게 사랑을 고백하기도 했었다.

오후 늦게 작업이 거의 마무리 단계에 들어가자, 나는 거의 미치광이 같은 모습으로 변해가는 느낌이 들었다. '잊자 모든 것을 잊어버리자. 그리고 그림에만 몰두하자' 나는 스스로에게 다짐이나 하듯이 중얼거렸다. 모자는 벗겨져 머리카락은 날리고, 입술은 하얗게 타들어 가고 있었다.

그날 밤의 일이었다.
멀리서 떠드는 소리가 들려왔다. 누군가 다투는 소리 같기도 했고 비명 소리 같기도 했다. 나는 자신도 모르게 눈을 떴다. 창문을 보니 아직 어둠이 짙게 깔려 있었다. 잘못 들은 것인가. 이런 기도원에서 그런 소리가 있을 리가 없다. 그렇게 생각하면서 다시 잠을 청하는데 누군가 방에 들어와서 나의 어깨를 흔들어 깨우는 것이었다. 다급한 목소리였다.
"선생님, 화가 선생님"
내가 윗몸을 일으키면서 눈을 비비자, 그는 다급한 목소리로 말했다.
"큰일 났어요. 빨리 나와 보세요."
나를 깨운 사람은 흥분해있었다. 몇 번 인사를 나눈 다리를 저는 박달진이라는 친구였다.
"아니 왜요?"
나는 귀찮다는 어투로 뭉그적거리며 말했다.
"글쎄 빨리 나와 보시라니까요. 소설가 홍씨가 벽화에다 ......"
"아니 뭐라고요. 벽화?"
나는 그 소리를 듣는 순간 벌떡 일어났다. 그리고는 다급하게 옷을 주워 입었다.

"아니 벽화에다 무얼 어떻게 했단 말이오?"

"글쎄 선생님이 그린 그림 위에다 ……."

그의 말을 들으며 나는 빠른 동작으로 옷을 입고 밖으로 나왔다. 차가운 공기가 싸늘하게 얼굴을 만졌다. 몇 시나 됐을까. 사방은 아직 두터운 어둠 속에 잠겨 있었다. 밤하늘에는 반짝이는 별들이 가득 채워졌고, 어둠을 몰아내겠다고 군데군데 외등이 켜져 있었다. 박달진은 절룩거리는 걸음으로 내 뒤를 따라오면서 숨찬 목소리로 계속 말했다.

"자기가 마무리를 하겠다고 붓을 들고 ……."

나는 한 방 맞은 것 같은 기분이 들었다.

"그런데 마침 사무장님이 밤 기도를 마치고 오다가 벽화에 불이 켜져 있어 가보니 홍씨 그 사람이 작업대에 올라서 ……."

"그래서요?"

"사무장님이 고함을 지르면서 작업대 위로 올라가서 말렸는데, 그 와중에 홍씨가 그만 발을 헛디뎌 아래로 떨어졌답니다."

"그래서 어디를 다쳤나요?"

"머리를 다쳤어요."

두 사람은 이야기를 나누면서 새 건물 쪽으로 뛰다시피 급하게 걸어갔다. 박달진은 더욱 심하게 절룩거렸다.

불이 환하게 켜져 있는 새 건물이 나타났다. 대여섯 명이 웅성거리고 있는 것이 보였다. 그들의 그림자가 흔들리고 있었다. 가까이 가자 웅성거리는 소리는 분명하게 들려왔다.

"시내 병원으로 빨리 옮겨야겠어요."

누군가가 말했다.

"이 시간에?"

또 누군가가 겁에 질려 말했다.

"할 수 없어요. 피가 많이 나니까. 누가 좀 업어서 사무실로 옮겨야겠는데, 김 집사 찾아와!"

사무장의 목소리였다. 그때 나는 그곳에 나타났다. 사무장은 운전기사 김 집사를 큰 소리로 불렀다. 불빛에 비친 얼굴은 이마를 다쳤는지 얼굴이 온통 피에 젖어 있었다. 상처 부위를 누군가가 수건으로 눌러 놓았는데 거기에도 빨간 피가 배어 있었다.

"괜찮아요. 머리를 좀 다쳤을 뿐이니까."

사무장은 걱정스러운 표정을 짓고 있는 사람들을 향해, 안심시키듯이 말했다.

그때 대머리 소설가 홍씨는 슬며시 눈을 떴다. 붉은 피가 흘러내린 그의 얼굴은 험악하게 일그러져 있었다. 나를 알아본 그는 억지로 미소를 지었다. 피에 젖은 채 미소를 짓고 있는 그의 모습은 악마처럼 끔찍하게 보였다.

"나는 당신을 알아"

그가 괴로운 듯 입을 뗐다.

"당신 속에는 하나님이 없어. 그러니까 당신은 예수님을 그릴 수 없지. 저 그림은 가짜야. 가짜라구."

그는 힘없이 중얼거렸다.

"당신의 그림 속에는 예수가 없어. 인간의 절망과 고통뿐이지. 난 알아 저건 바로 당신의 자화상 ……. 그래 당신의 자화상. 그게 정직하지. 절망한 신의 모습을 가장한 당신의 자화상, 나는 보고 견디기 어려웠어."

그런 다음 그는 힘이 드는지 눈을 감으면서 마지막으로 중얼거리듯이 말했다.
"신은 절대로 절망하지 않아. 절망해서는 안 돼. 알겠소? 물론 나는 무신론자지만"
곧, 운전기사 김 집사라는 사람이 그를 업었고, 또 다른 사람 하나가 머리의 수건을 누르면서 옆에 서서 따라갔다. 그 뒤를 사무장을 비롯한 몇 사람도 총총 걸음으로 따라 내려갔다. 어둠이 그들의 모습을 지워 버렸다.

벽화는 실패하였다. 어떤 절대자의 모습은 없었다. 불의와 궁핍에 고통 받는 인간의 분노도 없었고 인간 구원의 고뇌는 더욱 없었다. 누가 뭐래도 나는 알고 있었다. 자괴감이 나의 가슴에 아프게 저려 왔다. 그래 대머리 소설가 홍씨의 말이 맞았다. 그것은 바로 나의 자화상일 뿐이다. 초라하고 보잘 것 없는 나의 모습. 나는 어두운 천장에다 시선을 던졌다.
그때였다. 누군가의 노크 소리가 들려왔다. 그리고는 대답을 기다리지 않고 곧 문이 열렸다. 나는 초점 없는 멍한 눈으로 그 쪽을 바라보았다.
"일어나셨어요?"
김마리아 집사였다.
"그냥 누워 계세요. 깨우지 않으려 했는데,
"사무장님이 함께 식사라도 하지 않겠냐고 해서."
"괜찮아요. 별생각이 없어요."
나는 윗몸을 일으키며 두 손으로 얼굴을 비비고는 덤덤하게 말했다.
 "수고하셨어요. 다들 화가님의 그림이 독특하다고 하더군요. 저는 잘 모르지만, 그렇게 슬픈 모습을 하고 있는 예수님의 상은 처음이래요."
 그녀의 말에 나는 소리 내지 않고 웃었다.

그 해, 그 섬에서 있었던 일

　그해 여름, 명문 대학을 수석으로 졸업하고도 대학에서 시간 강사직을 면하지 못하는 현태와, 애당초 심심풀이로 바둑알과 장기알 공깃돌과 별자리로 점치는 방법을 거쳐 사람의 이름을 갖고도 점치는 기술로 명성을 떨쳐 신통한 예언가가 되기 위해 꾸준한 연구를 하는 몽구. 그리고 신춘문예에 몇 번 도전하다 실패 후, 지금은 잡지사에 근무하며 시시한 시집 한 권 내고 시인으로 행세하던 나, 우리 셋은 그 섬으로 여행을 가기로 했다. 현태의 교수에 대한 기대로 시간을 미루다가, 학기가 끝나는 방학이 되어도 소식이 없자 우리들은 더 이상 참을 수가 없다고, 전국의 모든 관광지를 물망에 올려 검토한 끝에, 그 섬은 우리에게 운세가 딱 맞고 그 섬에 가면 좋은 일이 있을 거라는 몽구의 의견으로 그 섬을 택했다. 몽구로 말하자면 신통한 운세 예언가가 되기 위해 족상이라고 말하는 발바닥점까지 영역을 넓혔는데, 종아리조차 드러내길 꺼리는 부인들도 줄지어 스타킹과 양말을 벗고 발바닥을 보여주었다. 그가 무릎점을 연구하여 시험할 때도 모두가 오로지 미래를 알아내는 목적에서 치마를 허벅지가 다 드러나도록 걷어 올리기를 주저하지 않았다. 연구단계에서 중단하긴 했지만 몽구가 원래 계획대로 궁둥이 점을 개발하는 데 성공했더라면, 선뜻 자기 궁둥이를 보여 줄 여자들이 적지 않았을 것이다.

　며칠 후, 우리는 호남선 열차에 몸을 싣고, 넓고 넓은 들녘을 달려 목포에 닿았다. 열차에서 내리자마자 우리들은 여객선 터미널로 달려가 배편을 알아보았으나 그 섬으로 가는 여객선은 하루에 한 번 다닌다는데 오전에 이미 떠난 후였다.

　어쩔 수 없이 목포 시내를 어슬렁거리며 남도 맛집이라는 낙지요리 집도 들리고, 유명하다는 민어횟집도 들렸다. 그리고는 유달산을 오르내리며, 노적봉에서 탁 트인 시내의 전경과 시원한 다도해의 경관을 감상했다. 그러다가 벤치에 앉아 목포의 눈물을 흥얼거리며, 시간을 보내고 여객 터미널 옆 부둣가의 허름한 숙소를 정했다.

　다음 날 아침, 배표를 사러 나갔던 현태가 난감한 표정으로 돌아왔다.

　"배 삯이 생각보다 비싸다. 게다가 그 섬을 구경하려면 배를 빌려야 하고. 그러면 경비가 만만치 않다. 그리고 어젯밤 맛있게 먹은 민어 횟값까지 예상을 초월하여 경비가 턱없이 모자랄 것 같다."

　현태가 울상까지 지으며 말했다.

　"여기까지 와서 돈이 없다고 대장부의 뜻을 굽힐 수는 없다. 그 섬에 가서도 배를 빌려 제대로 구경을 해야 한다. 그리고 또 돌아와야 한다. 그런데 돈이 없다면, 어떻게 남의 신세라도 져야 하지 않겠어. 물주를 잡아야 한다. 그 섬에 도착하기 전에 물주를 잡아야 한다."

"물주를 잡다니?"

"우리는 젊으니까. 젊은 놈 셋이 찾으면 있겠지."

"여자 물주를 찾도록 하자."

"시간이 되면 많은 사람들이 터미널에 몰려오겠지. 그중에서 그 섬으로 가는 여자들도 있을 거야."

우리는 뜻이 통했다. 어떤 사람들이 우리들에게 그 섬 구경 잘하라고 돈을 대어주겠는가. 하지만 우리는 젊으니까. 우리들의 젊음이 어떤 여자들에겐 어느 정도 투자가치가 있을 거리는 생각이 들었다.

아침 식사를 하는 둥 마는 둥 끝내고 우리는 여객선 대합실로 향했다. 대합실은 가득 차 있었다. 같은 시간에 다른 목적지로 떠나기 때문에, 출발 시간이 가까워지자 더 붐볐다.

잠시 후 승선표를 팔겠다는 안내방송이 있자, 사람들은 표를 사기 위해 모여들었다. 남녀가 삼삼오오 뒤섞여 누구를 부르는 소리, 누구를 찾는 소리, 드디어 목적지로 가는 배를 타게 되었다고 떠들어 댔다. 신분증을 제시하며 배표를 살 때, 어떤 눈치 빠른 사내들은 여자들 뒤에 바짝 붙어 서서 무엇을 알아냈다는 듯이 낄낄거리며 웃고 있었다.

눈치 빠른 우리 몽구도 곱게 차림을 한 젊은 여자의 뒤에 서서 그녀가 꺼내는 주민증을 어깨너머로 훔쳐보았다. 나이를 알고 싶었던 것이다. 생년을 언뜻 보았는데 83년인지 88년인지 헷갈린다고 했다.

"야, 똑바로 봐야지. 오차가 5년이나 되는데, 보나마나 틀린 것 같아"

에언가 몽구는 눈치는 빠르나 눈이 나쁜 것이 병이라는 핀잔을 먹었다. 어떻든 우리들과 차이가 있을 것 같아 포기하는 눈치였다.

그 섬으로 가는 여객선은 중간에 몇 곳의 섬을 들렸다 가기에 섬 주민들과 관광객들로 만원이었다. 항구를 떠나는 배가 뱃고동을 울려대자, 어떤 이들은 유달산의 빼어남을 감탄하고 노적봉을 가리키며, 무엇이라고 떠들어대고, 어떤 이들은 멀어져가는 목포항에 대하여 미련을 가지는 듯 중얼거렸다.

선실 안은 가득 찼다. 우리들의 예상대로 여자 관광객이 많았다. 그러나 우리와 함께할 여자 물주를 찾기란 쉽지 않았다. 여자 두셋이 온 팀은 눈 씻고 찾아봐도 없었다. 객실 안을 샅샅이 훑어봐도 없었다.

"요즘 세상 왜 이래, 여자들만 이렇게 떼 지어 몰려다니니, 이거 원 세상이 어떻게 될 거야."

헛물을 켠 우리들은 선실 밖으로 나와 난간의 철대를 잡고 멀어져가는 육지를 바라보고 있을 때, 보슬비가 내리기 시작했다. 아마도 목포의 눈물이 비에 젖어 보슬비로 우리를 위로해 주는 것 같다고 내가 말하자, 따라오는 갈매기를 바라보며, 약간은 우울한 얼굴들이었다.

그때였다. 우울한 분위기에 젖어있던 우리들에게 어떤 여인이 눈에 들어왔다. 배 후미에 젊은 여자 혼자 보슬비를 맞으며 난간을 잡고 수평선을 바라보고 있었다. 그 모습은 우리들이 처음 보는 것인데 전에 어디서 본 듯한 느낌이 들었다. 물살을 일으키는 후미의 철대를 잡고 먼 수평선을 홀로 바라보고 서 있었다. 배낭을 둘러맨 것으로 보아 일행이 없는 것으로 보였다. 바닷바람에 긴 머리를 날리며, 우산도 없이 보슬비를 맞고 있었다. 그렇게 서 있는 모습은 영화 속의 한 장면 같았다. 더구나 그 여인은 영화에서나 봄 직한 미모였다.

"오, 신이여 감사합니다. 신은 결코 죽지 않았습니다."

몽구가 무엇을 알아냈는지 호들갑을 떨었다. 우리들은 작전을 폈다.

"됐다. 저 여잘 꼬시는 거다. 가는 곳은 모르지만, 그 섬으로 함께 가자고 유인하는 거다. 그래서 그 섬의 관광 비용과 돌아올 여비는 저 여자의 돈으로 해결한다."

"접근하여 꼬시는 걸 누가 할래."

요는 사기꾼으로 제비같이 보이면 낭패다. 어리숙하고 순진해 보여야 한다. 그러나 현태와 나는 경험이 없다. 몽구기 니섰다. 그를 내세우는 것은 우리가 그만큼 몽구를 잘 알고 있기 때문이었다. 그 역시 자신감이 있어 보였다. 그는 망설임 없이 그녀에게 다가갔다.

뱃고동이 두 세번 울렸다. 고동소리가 울릴 때마다 희뿌연 연기가 허공에 뿌려졌고 그녀가 서 있는 난간 쪽으로도 날아갔다. 몽구는 연통에서 뿜어져 나오는 연기를 가리키며 그녀에게 말을 걸었다.

"어느 섬에 가세요?, 여기 서 있으면 연기 때문에 배멀미를 하게 됩니다. 연기 없는 저쪽으로 가시죠."

"신경 써주셔서 감사합니다. 그럴까요."

그 여자는 몽구를 힐끗 보더니 안심이라도 되는 듯 웃으며 자연스러운 답이 나왔다.

그녀는 몽구를 따라 우리 쪽으로 왔다. 나와 현태가 함께 일행이라는 것을 이름까지 알려주며 소개하자 안심이 되는 듯, 자기의 이름도 밝혔다. 미연이라고. 그렇게 하여 우리는 넷이 되었다.

요란한 배의 엔진 소리에 몽구의 애깃거리가 끊어져 그녀가 서먹서먹한 표정을 지을라치면 우리는 베이스를 넣었다. 그녀는 우울한 그림자를 벗고 차츰 명랑해졌다. 그녀가 웃을 때마다 우리들은 물주잡기가 성공이라도 한 듯 그녀 몰래 눈을 찡긋거렸다.

몇 군데 섬을 들려 목적지, 그 섬에 닿았다. 그 섬은 작은 초생달 모양이었다. 반원으로 가운데는 까맣고 자르르한 윤기가 흐르는 조약돌이 깔려 있었고, 한편으로는 작은 방파제가 있었다. 사방은 절벽으로 둘러싸여 있었고, 그 절벽 곳곳에는 바람에 시달린 작은 소나무들과 이름 모를 나무들이 붙어있었다. 몇 채 안 되는 집들이 낮게 숨겨지듯 있었다.

배가 닿자, 나이가 든 사람이 기다렸다는 듯이 그녀를 데려갔다. 나중에 알고 보니 이장님이었다.

우리들은 야영을 하기로 했다. 해안의 조약돌이 없는, 절벽 밑의 두어 평 되는 평지에 텐트를 쳤다. 그녀의 숙소를 확인하겠다고 현태가 그녀를 따라갔다. 그녀를 따라가 머뭇거렸던 현태가 금방 잡았다는 이름 모를 생선을 얻어와 찌개를 끓여 먹었는데, 갑자기 사방이 칠흑같이 어두워지더니 거센 빗방울이 쏟아지기 시작했다.

텐트 안으로 빗물이 튀어들고 바닷물이 덮쳐올 것만 같았다. 세상의 모든 것을 날려 보낼 것만 같았다.

바닥에 물이 흥건하게 고였다. 텐트 지주가 강풍을 견디지 못하고 넘어졌다. 몽구가 빨리 피하자고 소리쳤다. 현태는 그 여자가 있는 이장님네 집으로 가자고 했다. 진작 그럴 일이었다. 텐트를 둘둘 말고 짐을 추리는 둥 마는 둥 우리는 그녀가 민박하고 있는 이장님네 집으로 달려갔다.

뜻밖에 그녀는 뜰에서 이장님과 함께 몰아치는 비를 바라보고 있었다. 강풍에 비를 흠뻑 맞으며 돌아오는 우리의 모습을 보더니 반색하며 맞아주었다.

파란 옆줄 무늬의 티셔츠에 빨간 반바지를 입고 긴 머리를 뒤로 묶었는데, 우리 보다 몇 살 아래인 여고생 같았다.

비에 젖은 옷가지를 비닐봉지에 담고는 이장님이 내준 좁은 방에서 지내게 되었다. 그리고는 물주가 될 그 여자의 나이가 화제가 되었다. 대체 그녀는 몇 살이나 먹었을까? 보는 차이가 심했다. 현태는 삼십 대 초반으로 봤고, 몽구는 두 살 아래로 보았으며 나는 제일 낮게 잡아 우리와 같은 또래가 분명하다고 못을 박았다.

이튿날도 거센 바람에 꼼짝 못하고 방구석에 갇혀 보내야 했다. 들락날락거리며 오전을 보내고 오후 늦게부터는 술을 마시기 시작했다. 그리고 우리의 주머니 사정을 그녀에게 털어놓았더니, 술과 안주를 그녀가 샀다. 시간이 지나가며, 청승맞게 노래도 불렀다. 그녀는 철도 아닌, '낙엽 따라 가 버린 사랑'을 좋아했다. 마지막 소절 '낙엽 따라 가 버렸으니'를 몽구가 낮게 떨면서 따라 부르자, 그녀는 왈칵 울음을 터트렸다.
 마침내 우리는 그녀의 사연을 듣게 되었다.

 나는 가수가 되는 꿈을 가지고 있었어. 초등학교 때부터 노래 부르기 춤추기를 좋아했지. 각종 예능 대회에서 끼를 나타냈지.
 어릴 때 들은 이야기지만 아버지는 한량이셔서 땅 수십 마지기를 기생집에 바쳤다는데, 그때 어머니는 기생이었다는 말을 들은 적 있어. 어렸을 때 몇 번 얼굴을 못 봤던 아버지. 그래서인지 나는 아버지 정이 그리웠어. 아버지 같은 오라버니, 나를 감싸고 쓰다듬어 줄 남자를 찾았어, 나는 이따금 어머니가 기생이 아니었을까 생각도 했지. 노래와 춤을 좋아하고 남들한테 귀염을 받는, 고전 소설에 나오는 기생의 전형, 심하게 말하면 호시탐탐 바람을 피울 기회를 찾는 기생첩 말이야.
 그래서 중고등 학교를 거치면서 가수가 되는 꿈을 갖게 되었지. 대학에 가서도 공부는 별로였어. 방송 동아리와 보컬 동아리로 활동하면서 다른 대학 축제에도 참여하게 되었어. 가수는 아니었지만, 사회자의 화려한 소개로 게스트로 참여했지, 이름 있는 어느 가요 팀의 매니저까지 소개받고 적극적인 참여 지원까지하게 되었어.
 어느 5월, 대학마다 축제가 한창일 때, 우리 팀이 다음 대학으로 이동할 때, 팀장은 자신의 차에 짐이 많다며 내가 타야할 차의 번호를 알려주기에 주변을 두리번거리다가 번호를 알려준 차를 찾아내었지. 육중하고 광택이 번들번들하고, 차창은 진한 선팅으로 덮여 있어, 내가 두리번거리자 운전석에서 한 남자가 나왔어. 이따금 팀원들과 식사할 때, 팀장의 선배라는 사람이었지. 어느 땐 갑자기 나타나 밥값을 내주며 내 주위를 맴돌았지. 그는 우리나라에서 이름 있는 대학과 중고등학교를 가지고 있는 사학재단 이사장의 장남이었어. 내가 보기에는 머리가 좋아 보이지도 않았고, 성실해 보이지도 않아, 아버지가 가지고 있는 능력이 아니면 앞날이 전혀 보이질 않는, 건달이었어.

차에 오르자, 그는 나에게 러브콜을 했어, 첫눈에 반한 사랑이라나. 돈 많아, 잘생겨, 누구든 그를 만나면 사랑에 빠지게 되어 있었지. 여자를 유혹하기 위한 수단으로 몇 개의 학위까지 말하고 졸업 후 나의 앞날까지 말했지만 나는 우아하게 웃었어. 지금도 그를 향한 웃음소리가 들리는 것 같아.

수 차례 만나 결혼 말을 꺼내자, 나는 그에게 부모의 허락을 받아오라고 했지. 그는 혼인 신고부터 하자는 둥 아이부터 낳자는 둥 별의별 말로 유혹했는데, 나는 그런 말을 믿을 만한 철딱서니가 아니었지.

'애기부터 만들자'와 '부모의 허락'이 선행되어야 한다는 서로의 고집이 줄다리기를 할 즈음 술에 취한 그는 나를 그의 집으로 끌고 갔어. 육중한 대문에서 초인종을 누르자 중년 여인이 뛰어나와 우리를 맞았어. 머뭇거리는 나를 끌고 그가 현관으로 들어서자 현관부터 진시황이 누렸던 아방궁이 펼쳐진 것이 아닌가 의심했어.

그는 아방궁에 계시는 부모님 앞에 무릎 꿇어 엎드려 나와 결혼을 허락해달라고 했어. 허락해 주지 않으면 죽어버리겠다고까지 하자, 그의 아버지가 싸늘한 경멸의 시선을 던지며 자리를 떠났어.
 어떤 부모가 아들을 그렇게 키워놓고 쉽게 허락할까. 내가 그의 부모라 하더라도 '내 눈에 흙이 들어가기 전까지는'를 반복하면서 입에 거품을 물고 쓰러졌을 거야. 그의 어머니 역시 나에게 싸늘한 눈빛을 쏘아 붓자, 나는 그의 손목을 뿌리치고 덜덜 떨며 부랴부랴 그 집을 나왔지. 그 후 아들이 그렇게 목을 매는 여자와 궁합이라도 맞춰보겠다며, 그의 할머니가 나의 사주팔자를 적어 보내라고 하자, 그는 역술가를 포섭하여 천생연분이 딱 들어맞는 여자의 사주팔자를 조작하여 들어 밀었으나, 궁합이 맞고 안 맞고는 거절의 구실 뿐이었어. 어떠한 사주팔자를 보냈더라도 거절은 예상되어 있었으니까. 그의 어머니는 나를 만나자고 하더니 교양 있게 말하더군. 아들이 좋다는 사람인데, 나는 받아들이고 싶다고. 그런데 아가씨는 우리 아이와는 어찌 그리 상극이라는지. 서울에서 유명하다는 점집을 돌면서 좋은 얘기 들어보려고 아무리 복채를 두둑하게 올려 놓았지만, 둘이 결혼하면 둘 중의 하나가 요절을 한다나. 가는 곳마다 같은 소리를 하니. 이렇게 참하고 적당한 아가씨에게.
 그 모욕적인 거짓말을 믿고 싶기도 했지. 그리고는 우리 엄마 앞에서 무릎을 꿇고 딸을 주십사 울고 있는 남자를 돌려보냈어.
 돌아보면 나는 그를 진심으로 좋아했지. 그도 나를 한때나마 진심으로 사랑했다고 믿고 싶어. 아니면 젊은 날 가볍게 흘려보내는 연애였을까.
 지금도 그를 생각하면 가슴에 뜨거운 불덩이가 솟아올라. 아니 잘 벼린 칼로 가슴을 도려내듯 아픈 통증을 느껴. 나로서는 짧지만 강렬한 사랑 이었어.
　이젠 그를 미워하지도 않고, 내 스스로가 문제야. 더 이상 살아야 할 이유를 못 느껴, 강렬했던 사랑을 이 섬에 던지는 거야. 나는 이따금 생각했어. 어릴 적, 남 들이 흘렸던 소리가 맞을까. 엄마야말로 기생첩이었고 나는 첩년의 딸이었을까. 못 들은 척 모르는 척 견뎠을 뿐이야. 기생의 딸로 아비가 없다기보다는 아비에게서 인정받지 못한 버려진 딸.

　그녀는 울고 있었다. 그리고서는 이를 앙다물었다. 으드득으드득 갈리는 어금니가 부서질 것 같았다.
　그녀는 자살하려고 마음먹었다. 자살할 터를 찾던 중이었다. 자신의 죽음에 어울릴 만한 자살 터가 없어서 떠돌던 길에 이 섬이 사방에 절벽으로 둘러싸이고 바닷물이 유난히 맑다는 이야기를 듣고서 여기까지 찾아온 것이라 했다.
　그녀가 자살할 곳은 절벽에 올라가 뛰어내리면 바위에 부딪히지 않고 몸이 성한 대로 바닷물로 떨어질 수 있는 곳을 찾아다녔다고 했다. 그래서 이 섬에 배가 접안 하는 사이 절벽과 바닷물을 보며 '아, 명당이다. 내가 죽기에 좋은 곳이다'는 탄성도 질렀다고 했다.
　"정말 후회라고는 없어, 이제 와 생각해보면 그를 미워하지도 않아, 나는 더 이상 살아야 할 의욕이 없어. 이제 남은 것은 이 섬에다 내 몸을 바치는 거야, 저 맑고 푸른 물에 내 육신을 던지는 거야"
　그녀가 엉엉 울며 밖으로 나갔다.

우리는 어안이 벙벙했다. 서로 얼굴을 바라보다가 한참 만에야 정신을 차리고 '그녀를 살려야 한다'는 의견의 일치를 보았다. 그녀가 스스로 목숨을 끊는 것을 용인 할 수 없고, 그녀를 살려야 한다는 다짐을 했다.

잠시 후 그녀가 돌아왔다. 붉은 눈시울로 무슨 결심이라도 말하려는 눈치였다.

"생각을 돌리세요. 악착같이 살아서 그 자식에게 복수해야지"
성질 급한 현태가 말을 꺼냈다.

"복수하다니 자식아, 그 사람은 원수가 아니야, 진실한 사랑은 그게 아니야, 그 사랑의 불씨를 되살려 아주 멋진 사랑을 이루는 거야."

내가 소설 같은 말을 했다.

"생각해보세요, 사랑과 미움은 손바닥 뒤집기인걸, 방금 미연 씨의 운세를 읽었습니다. 당신은 이 섬에서 사랑에 빠질 사람을 만날 것이오."

몽구는 어떤 이들에게 운세를 알려주어 몇 명은 비명횡사에서 구해냈고, 몇 사람은 사업을 사기꾼으로부터 구해주었으며, 몇 사람의 아들과 딸을 잘못된 혼사로부터 구해냈다고, 거창스럽게 지껄여댔다.

"미연 씨가 죽으면 부모님만큼이나 우리도 슬퍼집니다. 제발 마음을 돌리시오. 한 번의 연애 실패도 없이 결혼한 여생은 불행하다는 말도 있습니다."

그때 우리는 서른도 안 된 젊은이였으니까, 무슨 이야기를 한들 무슨 짓을 한들 확신에 차 있었다.

그날 밤이었다.

그녀가 누운 벽 쪽으로 내가 옆에 누웠다. 나의 오른쪽에는 몽구가 누워 바위 같은 등을 밀쳐댔다. 잠을 청했다. 그녀와 떨어진 쪽은 한 뼘 정도의 차이나 되었을까. 발끝에선 그녀의 부드러운 발 감촉이 와 닿았다.

그 여자 쪽으로 새우처럼 웅크려져 내 오른쪽 다리가 반듯이 누운 그녀의 허벅지께로 가 있었다. 그녀는 가만히 있었다. 새벽녘인지 방안이 훤해지기 시작했지만 다들 곤히 자고 있었다.

나는 일어나 방을 나왔다. 그 섬은 안개였다. 안개로 모두 덮여 있었다. 철석거리는 파도 소리가 안개를 뚫고 들려올 뿐이었다. 안개를 헤집고 작은 바윗돌에 앉아 바람을 맞았다. 바람에 묻혀 오는 아침 안개가 온몸을 부드럽게 감쌌다. 금방 옷이 젖었다.

내가 안개에 젖고 있는 사이에, 몽구는 몸부림을 쳐 그 여자 바로 곁에 누워있었다. 녀석의 손이 그 여자의 가슴 위에 얹혀있었다. 몽구는 아주 곤히 자고 있었지만, 그녀는 분명히 깨어 있었다. 내가 방으로 들어서는 순간, 놀랜 표정을 감추지 못했다.

"기상, 기상, 날이 밝았어. 아침 해 먹고 구경나가야지. 기상."

그날 우리는 안개가 걷히자, 조약돌이 깔린 해안으로 해수욕을 하기로 했다. 해안에 닿자마자 그녀에게 수영 솜씨를 자랑하듯이 멀리 가기 시합을 했다. 반대쪽 해안은 햇볕이 들기 시작했다. 운동이라면 좋아하는 몽구의 수영 솜씨는 선수급이었다. 바닷물에 들자마자 전형적인 수영 솜씨로 앞을 나섰다. 그 뒤를 현태가 쫓고 있었다.
 나는 물에 들어가면 개가 된다. 개헤엄 밖에 칠 줄 모른다. 그 바람에 나는 따라가지도 못하고, 바닥 짚고 어푸, 어푸 소리를 내다가 밖으로 나왔다. 내가 밖으로 나오자, 그녀도 수영하기를 그만두고 뭍으로 올라왔다. 앉아있는 그녀와 나를 보았는지, 제법 멀리 나갔던 그들이 되돌아오기 시작했다. 역시 몽구가 앞서고 현태는 그 뒤를 따라오고 있었다. 그녀가 보는 앞에서 환심을 사려던 친구들이 멀리 가는 바람에 내가 그녀를 독차지하는 복을 누릴 줄이야. 짧은 시간이지만 나는 그녀를 독점하게 되었다.
 누구도 그녀를 독차지해서는 안 된다는 무언의 약속이 있었지만, 서로 다투다시피 바다에 뛰어 들어간 게 뭔가. 그 바람에 수영을 가장 못했던 나에게 고스란히 넘겨주었으니 안간힘을 쓰며 되돌아오고 있었다.
 하지만 나는 곧 눈을 어디에다 두어야 할지 쩔쩔매게 되었다. 비키니 수영복을 입은 그녀가 완전히 발가벗은 것처럼 보였기 때문이었다. 무르익을 대로 무르익은 몸매에 살그머니 매달린 젖 가리개와 팬티는 그녀의 몸을 가리기 위해 붙어있는 것이 아니었다. 누드로 보이게 했다. 그렇게 발가벗은 여인을 내가 무슨 재주로 빤히 쳐다볼 수 있겠는가.
 그녀의 젖가슴은 컸다. 아래쪽 절반만 가렸다기보다는 받치고 있는 빨간 헝겊에서 곧 흘러내리거나 튀어 나올 것만 같아 아슬아슬한 느낌을 주었다. 그녀는 시선을 어디에 둘 곳을 몰라 쩔쩔매는 나를 보며 묘한 쾌감에 젖은 듯했다. 지금까지 여자를 제대로 경험하지 못한 애송이라는 것을 한눈에 알아차린 듯했다. 일부러 가끔 고개를 숙여 가슴을 더 드러내며, 젊고 아름다운 여인의 벌거벗은 몸이 던지는 황홀함에 쩔쩔매는 애송이라는 것을 한 눈으로 알아차렸다. 나는 그녀의 젖가슴을 보지 않으려고 바둥거렸다. 이마에 식은 땀이 났다. 시선의 포로가 된다는 것이 얼마나 고통스런 노릇인가를 그때야 비로소 알았다.

"새벽에 몽구씨가 내 가슴에 손을 대고 있는 거 봤죠?"

"미안합니다. 제가 일찍 밖으로 나오는 바람에. 그 친구가 잠버릇이 나빠서, 자기도 모르는 사이에 그랬던 거 같아요."

"하하. 선구씨도 순진하긴, 잠결에 그런 건데 뭘. 뭘 하나 알고 싶어서 그래요"

"뭐를 요?"

"선구씨도 여자 젖가슴에 손대본 적 있어요?"

그녀의 질문에 내 얼굴이 확 달아올랐다. 빨개졌다. 그녀가 아무렇지도 않게 한 말, 젖가슴이라는 말 때문이었다.

"없어요."

내가 빨개진 얼굴로 고개를 숙이며, 간신히 말했다.

"그런 줄 알았어요. 새벽에 가슴에 손을 댄 것은 선구씨 손인 줄 알았어요. 사실은 선구씨 손이길 바랬어요. 그런데 아니던 군요."

나는 아무런 말을 할 수 없었다.

"내가 괜한 말을 했나 봐요. 부담 갖지 마세요. 그때 기분이 그랬다는 것뿐이니까. 친구들이 참 좋으시네요. 그렇지 않으면 나는 이미 이 섬에 몸을 던졌을 거예요."

이장님네 집으로 돌아오는 길에 길이가 오십여 미터쯤 되는 기역자 선창 방파제가 있었다. 우리는 방파제에 앉아 쉬었다,
 바람이 갑자기 거세지기 시작했다. 바다는 무엇이든 집어삼키고 말겠다는 듯, 흰 파도는 이빨을 드러내며 으르렁거렸다. 방파제는 광란하는 파도에 잠겼다 오르기를 반복했다. 조금 잠길 때는 방파제 위로 물이 찰랑 거릴 정도였지만, 심할 때는 우리들의 키를 넘을 정도로 솟았다, 가라앉았다. 장난 좋아하는 현태는 방파제로 물이 조금 솟아오르면 뛰어들었다가 파도가 솟아오르면 뛰쳐나왔다. 물길에 어린아이처럼 첨벙대며 뛰어다니는 모습이 몹시도 우스꽝스러웠다. 허둥대다 늦으면 분수처럼 치솟는 물길을 흠뻑 맞으며, 뛰어노는 모습이 너무나도 재미있어 보여 몽구와 나도 뛰어들었다. 그러나 십여 미터도 나아가지 못하고 곧바로 덮쳐오는 파도에 쫓겨 뒤돌아 뛰어나와야만 했다. 우리가 하얗게 질린 얼굴로 첨벙대며 뛰쳐나오는 걸 보고, 그녀는 신이 나서 깔깔대며 손뼉을 쳐 댔다.
 우리는 누가 더 아슬아슬하게 치솟는 파도에 덤벼들어, 그녀를 즐겁게 해 줄 것인가 하는 시합을 벌이게 되었다.
 우리는 사랑을 차지하려는 시합처럼 교대로 뛰었다. 그녀는 그때마다 뒤로 넘어질 듯, 앞으로 고꾸라질 듯 웃으며 즐거워했다.
 파도에 휩쓸려 방파제에서 바다로 떨어지면 제아무리 수영을 잘한다 해도 목숨을 잃는 게임이었다. 죽음의 게임은 마침내 끝을 보게 되었다.
 광란의 파도는 점점 더 기승을 부리며 방파제를 순식간에 덮쳐버리기를 반복했다. 우리도 더 이상 어떻게 해볼 도리가 없어

파장 분위기였다.

이제는 이장님네 집으로 돌아가려 할 때, 일이 생겼다. 그녀에게 겁쟁이처럼 보였던 현태가 말릴 틈도 없이 '아직 내가 있다'를 외치며 파도가 부딪치며 밀려오기 시작한 방파제로 뛰어들었다. 하지만 때는 늦었다. 전부터 차오르기 시작한 파도는 바로 뒤쪽에서 덮쳐오고 있었다. 자신을 휩쓸 파도의 등마루는 보지 못하고, 우리를 향하여 웃고 있었다. 그 순간 그녀와 눈이 마주친 게 틀림없었다.

"야 파도 조심해. 파도가 덮쳐와."

우리는 다급하게 외치는 것 이외는 어찌할 수가 없었다. 현태는 돌아서서 두어 걸음도 못 떼고 바로 뒤에서 덮친 파도에 휩쓸려 그만 쓰러졌다. 그를 쓸어간 파도는 방파제에서 흔적 없이 사라졌다. 모두 놀라 넋을 잃었다. 우리는 너무도 어이없는 장난에 현태를 잃게 되었다는 것을 소스라치게 알게 되었다. 그녀의 얼굴도 하얘졌다.

잠시 후 방파제는 양쪽으로 물을 흘러내리며 잠수함처럼 다시 떠올랐다. 그러나 현태는 보이지 않았다. 성난 파도가 현태를 바닷속으로 내팽개친 모양이었다.

"현태야, 현태야."

사라진 현태의 이름을 목 놓아 불렀다. 몽구가 방파제로 뛰어들어 현태를 불렀다.

방파제에서 물이 빠지자 현태가 보였다. 그는 파도에 밀려, 바닷속으로 휩쓸려 들어가면서 배를 묶는 밧줄 하나를 운 좋게 움켜잡았다. 그 밧줄에 운 좋게 걸렸는지 잡았는지, 바닷속으로 내

동댕이쳐지지는 않았다.
 현태는 살았다. 몽구가 가지고 있던 등산용 자일을 급히 꺼내, 자기 몸에 묶었다. 그리고 묶은 줄 끝에 나를 당겨 묶었다. 줄을 묶고 방파제로 뛰어든 나는 배를 묶게 만든 기둥을 온 힘을 다하여 잡고 버티었다. 우리 위로 무정하게 덮쳐오는 파도에 물벼락을 맞으면서 몽구는 차근차근 전진하여 방파제에서 떨어져 나가지 않았다. 그렇게 십여 분간 사투를 벌인 끝에 현태가 있는 곳에 닿을 수 있었다. 그는 초주검 상태에서 줄만은 놓지 않고 매달려 있었다. 몽구는 의식을 잃기 직전인 현태를 들쳐 업고 침착하게 방파제를 기어올랐다. 그리고는 파도도 더 이상 기승을 부리지 못하는 선창가에 내동댕이쳤다. 그녀가 달려와 초주검이 된 현태에게 가슴을 누르며 인공호흡을 시켰다. 나와 몽구도 허우적거리며 쓰러져 바닷물을 토해내기 시작했다.
 얼마 지난 다음에야 우리들은 꿈에서 깨어난 것처럼 정신을 차렸다.

 그 섬의 날씨는 변덕 심한 여자의 마음 같았다.
 다음 날은 그동안 언제 폭풍우가 몰아쳤느냐는 듯이 활짝 개었다. 안개가 걷힌 그 섬은, 맑은 물빛과 기묘한 절벽의 모습을 고스란히 드러내어 우리들에게 보여줬다.
 우리들은 계획했던 대로 그 섬을 돌아보기로 했다. 배를 타기로 했다. 모든 준비를 마치고 민박집을 나서려 할 때, 그녀는 배를 타지 않겠다고 심술인지 까달을 부렸다. 우리가 돌아올 동안 책이나 보며 쉬겠다고 우겼다. 그 바람에 우리끼리 나갈 수밖에 없었다.

오후 늦게까지 섬을 돌아보고 민박집에 돌아왔다. 그런데 집 마당에는 떠날 때 보지 못했던 우리들의 속옷이 빨랫줄에 잔뜩 걸려있지 않은가. 내팽개친 우리들의 빨래감이었다. 그것을 보자 우리들은 이상한 불안감이 닥쳐왔다. 발걸음이 다급해져 방문 앞에 섰다. 방문 앞 댓돌 위에 놓여있어야 할 그녀의 신발도 보이지 않았다. 몽구가 소리쳤다. 떨리는 목소리였다.

"미연씨, 미연씨 있어요?"

그러나 방안에서는 아무런 기척이 없었다. 우리들은 방문 앞에서 무엇에 부딪힌 사람처럼 멍하니 서 있었다. 현태가 우리 둘을 제치고 급하게 문고리를 잡아당겼다. 문이 벌컥 열렸다. 그녀는 방에 없었다.

사라진 것은 미연씨 만이 아니었다. 그녀의 가방도 소지품도 전혀 보이지 않았다. 그리고는 자질구레한 우리늘의 짐들이 한쪽 구석에 깨끗하게 개어져 있었다. 그 빈방에는 죽음길로 나선 사람이 주변을 깔끔하게 정리한, 어떤 섬뜩한 고요가 감돌고 있었다.

"죽었다."

"자살했어. 미연씨는 죽은 거야."

"우리끼리 간 것이 잘못이야. 아까 누가 미연씨를 두고 가도 괜찮다고 했지?"

"우리가 죽인 거야. 우리들은 자살방조죄를 저질렀다고."

누가 무슨 말을 하고 있는지 가늠할 수 없었다. 몽구와 현태는 중얼거리며 바다 쪽으로 뛰쳐나갔다. 맑은 바닷물의 해안에서 그녀를 찾겠다는 것이었다. 그녀의 주검이라도 찾아내겠다는 것이있다. 그 주검을 먼저 찾아 그녀를 아끼고 보살핀 걸 증명이라도 하겠다는 듯 정신없이 뛰쳐 나갔다. 느려터진 나 혼자만이 남게 되었다.

한동안 얼이 빠져 멍하니 서 있다가 다른 친구들처럼 바깥으로 나갈 것이 아니라는 생각이 들었다. 방 안으로 들어갔다. 방 안으로 들어가 한참을 멍하니 서 있었다. 그러자 앉은뱅이 책상이 눈에 들어왔다. 그 위에 하얀 봉투 하나가 놓여있었다. 그러자 내 뇌리에서 '유서' 라는 말이 벼락을 쳤다. 그 벼락에 가슴이 덜컥대며, 떨리기 시작했다. 그리고는 봉투가 놓인 책상으로 살금살금 발걸음을 옮겼다. 떨리는 손으로 봉투를 집어, 그 안에 있는 쪽지를 꺼냈다. 그 쪽지에는 글귀가 적혀있었다. 나는 그녀가 남긴 글을 차분히 읽어 내릴 여유가 없었다.

나는 이 섬에서 죽기로 결심하고 왔습니다. 그런데 당신들을 만나 그 마음이 새로워졌습니다. 바닷물과 절벽들을 바라보고 새로운 마음이 들었습니다. 방파제에서 일어난 일들이 삶의 의욕을 가져왔습니다. 당신들이 보여준 행동은 잊지 못할 겁니다. 당신들이 배를 빌려 섬 구경 나간 사이 선창에서 연락이 왔습니다. 오늘 날씨가 좋아 여객선이 온다는 연락이 왔습니다. 이별의 시간이 공교롭게도 찾아왔습니다. 이렇게 서운한 이별은 가슴 아프지만 당신들을 향한 마음은 사랑이었습니다.

그리고 민박 비용은 다 치렀습니다. 빨래도 해놨고요.

남은 돈 얼마 있어 놓고 갑니다. 식사나 한 끼 하세요.

나는 글을 읽고서야, 봉투 속에 돈이 들어있다는 것을 알았다. 식사나 한 끼 하라는 돈이지만 큰 액수였다.

형제의 난亂

형님은 취해있었다. 마신 술잔을 식탁 위에 탕하고 내려놓았다. 술잔을 쥔 주먹으로 치는 소리였다. 우리는 놀랐고. 식당 안의 사람들 눈이 우리에게 쏠렸다. 그 소리는 형님이 어떤 불만으로 단단히 화가 났다는 표시였다.
"시골에 있는 막내가 연락이 왔는데, 어머니를 더 이상 모시지 못하겠다고 하더라. 형들이 모셔다 한 달씩 모시는 게 어떻겠냐고 사정하더라, 저는 이제는 더 이상 힘들다더라."
"아니, 그게 무슨 소리지? 지금까지 잘 모시다가."
"아버지가 유산으로 주신 토지를 다 넘겨주었는데, 오늘에 와서 어머니를 모시지 못하겠다니, 어떻게 하냐고. 병들어 꼼짝 못하시는 어머니를 이집 저집으로 모시라니 그게 할 소리냐?"
갑자기 이게 무슨 소리냐. 나는 당황하였다.
아버지가 돌아가실 때 유산을 분배하였다. 논 열 닷 마지기 삼천 평, 밭 삼백평, 임야 일만 평, 집터가 이백 평, 그중 임야는 선대들의 산소가 있어 형 앞으로 넘기고 나머지를 4형제 넷으로 분배하는 것이었는데, 어머니를 모시고 고향을 지키는 막내에게 넘겨줬다.

어머니는 70세를 넘기면서 치매증세를 보였다. 증세는 갑자기 나타났다. 이웃 사람들을 몰라보고, 자식들 얼굴만 겨우 기억해 냈다. 동네 입구에서 집을 찾아오지 못하고 방향 감각을 잃고 헤매시어, 사람들이 집까지 모시고 왔다. 수도 사용법을 잊어 물벼락을 뒤집어쓰기도 하고, 가끔씩은 대소변을 지렸다.

형, 오늘 아침에는 쌌어. 어제는 밤새 벽을 긁고 울어서 식구들이 한잠도 못잤어. 애들은 할머니 내보내라고 아우성이야. 치매는 낫는 병이 아니라고.

요양병원에는 의료진이 있었지만, 치매를 진료하지는 않았다. 치료하지는 못했다. 치매 환자의 외상이나 설사병 정도만 치료했다. 요양병원은 다만 환자를 수용하고 감시했다. 치매는 병이 아니라 매우 비정상적인 노화현상이라고 의사는 말했다. 노화현상에 병명을 붙일 수가 없는데, 병명이 존재한다는 의사의 설명에 나는 이해할 수가 없었다. 치매는 진행형의 현상이고 진전되고 확대되는 생리적 과정이며 이 과정을 멈추게 할 수도 없고 거꾸로 돌려서 정상으로 향하게 할 수도 없는데, 이 속수무책은 시간의 불가역성과 같은 것이라고 의사는 설명했다. 치매에 대한 의사의 말이었다.

어머니는 병원에서 1년 넘게 입원하셨다가 퇴원하셨다. 장기치료가 요하니 집에서 치료하기로 하였다. 집에서 치료란 말뿐이었다. 기능을 회복시키는 물리치료, 재활 치료 같은 건 힘들었다. 보조 없이는 할 수 없었다. 걷지도 못하고 겨우 부축하여 앉기만 하셨다.

"난 이젠 죽어도 죽어도 요양원엔 안 간다. 나 요양원 보내지 마"

"예, 걱정하지 마세요."

잊을 만하면 어머니는 말씀하셨다. 그 말을 들을 때 우리들의 가슴은 아팠다. 그리고는 약속했다.

얼마 전에 친구가 쓰러졌다는 문자가 왔다. 중학교 동창으로 고향 친구였다. 아주 가깝게 지내는 친구였다. 그는 사업에 기반을 잡고, 어느 정도 목표를 달성하여 정계에 입문하였다. 개혁을 기치로 내걸고 있는 정당에 꿈을 펼쳐보고 싶었다. 그의 추진력과 제반여건을 두루 갖춘 그를 당에서는 그냥 내버려 두지 않았다. 단숨에 지구당 위원장이 되었다. 출마를 위하여 후보등록을 앞에 두고 있었다. 주위에서는 그를 두고 성공한 기업인, 입지적인 인물이라고 칭송이 자자하였다. 특별한 변수가 없으면, 이번 선거에서 당선이 확실하다고 말하는 이도 있었다. 그런데 입소문은 빨랐다. 어느 날, 구십을 넘기신 그의 어머니가 아침에 일어나지 못하고 쓰러지셨다. 병원에 모시고 갔더니 중풍 진단이 나왔다. 어머니를 요양원으로 보내는 문제를 가지고 형제간에 싸움이 심했다는 소문이었다. 재산 문제를 가지고 다퉜다는 입소문까지 씌워졌다. 나쁜 사람이라고까지 소문은 빨랐다. 재래시장 경로당, 장애인 모임 등에 찾아가면 싸늘했다. 피하는 눈치였다. 친구는 형제들을 다시 불렀다. 결국은 형제간에 의견 충돌로 다투다 그 친구는 화를 참지 못하고 쓰러졌다.

뇌출혈로 대학 병원에 입원하였다는 소식이었다. 친구들 몇이서 문병을 가니 더 이상 손을 쓸 수 없어, 근처 요양병원으로 옮겼다고 했다. 요양병원에 도착하여보니 '좋은 요양병원'이라는 간판이 크게 붙어있었다. 얼마 전에 방송에서 이사장인 듯한 사람이 출연하여 광고하던 병원이었다. '어떤 요양병원이 좋은 병원이냐'고 나이들은 부부가 물으니까 그 질문에 '병실에 냄새가 없어야하고, 깨끗한 것이 우선이고 다음으로는 근무하는 직원들이 친절히 대해주는 것'이라는 말을 들은 기억이 떠올라서 이 요양병원을 잘 살펴봐야겠다는 생각이 들었다.

　넓은 입원실 안에는 수많은 커튼이 가려있었다. 그 사이 침대에 환자들이 누워있었다. 환자들은 아무런 기척이 없었다. 잠을 자는지 눈은 감겨져 있고, 코에는 모두 다 호스가 끼워져 있고, 주사줄들이 널려져 있었다. 의식이 있는지 없는지, 알 수 없었다. 넓은 병실엔 간호사나 간병인, 돌보는 이들도 보이지 않았다. 많은 수의 환자들이 이렇게 입원해 있는 것을 보니 가슴이 아팠다.

　한참이 지난 후 안내인 나타나, 누워있는 친구를 가리켰다. 친구도 산소 호흡기를 코에 낀 채 죽은 듯이 누워있었다. 깨워보겠다고 흔들며 이름을 불러보았으나, 겨우 고개만 움직이는 듯 하더니, 아무런 반응이 없다.

　넓고 깊은 병실에서 안내인을 따라 우리는 나왔다. 병실은 조용했다. 적막강산이다. 더 있어 봐야 깨어나지도 못할 것 같아서 우리는 병문안을 왔다가 보호자도 만나지 못하고 간다는 메모지만 안내인에게 전하고 돌아왔다. 돈이나 명예가 무슨 소용인가. 건강하게 살다가 죽는 것이 가족이나 본인에게 가장 큰 행복이라는 것을 새삼 느낄 수 있었다.

치매 아버지를 요양병원에 모셨다가 장례를 치른 친구의 말이 생각났다. 그의 아버지는 고위 공직 생활을 하신 분이었다. 어쩌다 인생 말년을 병환으로 고생하시다 요양병원에서 생을 마감하셨다. 그는 아버지를 모시며 겪은 요양병원에 대하여 친구들과 모임이라도 있으면 자주 말했다.

"인생의 종착지는 요양병원 침대다. 살아서 그토록 명예를 누리고 권력을 누렸던 자도 결국엔 요양병원 침대 한 칸이다. 망각의 어둠 속에서 움직일 수도 없이 누워만 있고, 음식을 먹어 봤자, 관장을 해서 빼어 내야 한다. 남의 얘기 일거라고 생각하지 마라"

눈물까지 흘리면서 하던 친구의 말이 떠올랐다.

여든이 넘은 어머니의 뒷수발을 하는 동생 부부의 처지는 탐탁할 리 없었다. 어머니는 캄캄한 망각 속에서도 당신 생애의 마디마디들을 복원해서 재현해내고 있었다. 치매의 어둠 속에서도 삶의 마디들은 오히려 명료하게 되살아나는 모양이었다. 내가 어머니 뱃속에서 4개월이 되었을 때, 끼니 걱정에 지친 어머니는 임신중절수술을 받으려고 산부인과 병원에 갔었다. 겨울이었는데 의사는 외출 중이었고 병실 안에는 난로가 꺼져 있었다. 어머니는 세 시간 동안 의사를 기다리다 날이 저물어서 나를 그대로 뱃속에 달고 집으로 돌아왔다.

그렇게 낳은 게 너다. 이놈아, 그때 의사만 있었더라면 널 긁어내어 신문지에 싸서 버렸을 거야.

몇 년 전 아버지 제삿날 고향에 내려갔을 때 젯상 앞에서 어머니는 그렇게 말하면서 쓰러져 울었다. 어머니의 울음은 깊고도 질겼다. 아마, 그때 어머니의 치매증세는 깊어가고 있었을 것이었다.

막내는 읍내에서 고등학교를 졸업하고 면사무소 임시직으로 있었다. 정식 직원이 되지 못하고, 농사를 지으며 결혼도 하고, 어머니를 모시고 고향에서 살게 되었다. 나머지 셋은 서울에서 대학을 졸업하고, 그럭저럭 터를 잡았다.

막내 부부는 결혼 처음부터 불화도 많았다. 시골의 결혼 생활이 기대했던 것만큼 행복하지 못했다. 더구나 자라나는 아이들을 보면 짜증도 났다. 어머니를 모시고 있어 막상 팽개치고 도회지로 갈 수도 없이, 한 해 한 해 지내는 것이 십 년이 넘었다. 어머니가 세상을 뜨시면 물려받은 전답을 처분하여 도시로 나갈 작정이있다. 그 희망으로 지내고 있었다.

막내 제수가 하는 일은 어머니를 모시는 일이 과제였다. 식사 시중과 대소변을 잘 처리하는 것이었다. 고약한 냄새가 진동하는 방을 청소할 때는 마스크를 하고 숨을 참아가며 했다. 시어머니는 때로는 끙끙 앓는 소리를 내며 엄살도 했다. 냄새나는 오물을 처리하는 그녀를 향해서도 살살 다루지 않는다고 짜증을 냈다.

"이년아, 아파, 살살해."

시어머니는 짜증만 늘었다.

"아이구, 제발 가만히 좀 계세요. 이거 봐요. 자꾸 그렇게 움직이면 손에 묻잖아요."

제수씨는 가끔 화를 냈다. 얼핏 보기엔 무던했지, 마음 속 까지 그런 건 아니었다.
 시어머니는 조금이라도 자기에게 멀리하는 것 같으면, 밥그릇을 툭 치고 엎어 버렸다. 그러다가도 음식을 잘 받아 잡수셨다. 숟가락으로 싹싹 긁어주면 여전히 더 잡숫고 싶어 혓바닥을 내미셨다. 어느 땐 고양이처럼 밥그릇을 요리저리 살피다가, 혀를 내밀어 밥그릇을 싹싹 핥기도 하셨다. 옷에서 냄새가 난다고 코를 대면 옷을 갈아입혀 드렸다. 이부자리에 코를 대고 쿵쿵거리면 새로 갈았다. 늘 이맛살을 찌푸리고 있지만 그래도 시어머니를 요양원에 보내지 않고 보살피고 있는 것만으로 막내는 아내에게 감사해야 했다. 시간이 갈수록 어머니의 몸뚱이는 여기저기 기능을 상실하여 가고 있었다, 기약 없는 임종 때까지 어머니를 집에서 모시기란 불가능했다.

"병들어 꼼작 못하시는 어머니를 어떻게 하냐고."
 형이 소리쳤다. 다시 술을 따랐다.
"글쎄 그놈이 말이다. 나보고 큰형이 먼저 서울로 모시고 가라는 거다."
"어떻게 그런 말이 나온 거요?"
"아주머니, 소주 한 병 더."
 형이 다시 소리쳤다.
"그놈이 나보고 그런 말을 한다."
 동생은 요즘 매일 전화를 걸어서 어머니의 증세를 알렸다. 동생의 목소리는 짜증에 젖어있었다. 형제간 고통의 분담을 요구

하고 있었다.

너무나 갑작스런 일이었다.

"왜, 나만 병든 어머니를 모시느냐. 형들은 자식이 아니냐? 아이들과 함께 더 이상 참지 못하겠다는 것이다."

"어떻게 그런 말을"

나는 할 말을 잃었다.

"어떻게 해서 그런 말이 나온 거죠?"

"전화가 왔었다. 어머니가 조금 중하신 것 같다고, 그래서 어머니 뵈러 며칠 전에 시골에 갔었다. 집에 가서 어머니 방문을 여니, 냄새가 심하게 나길래 동생한테, 환기 좀 자주하고 이부자리 세탁 좀 자주 하라고 말하니까, 지금은 농사철이 바빠서 그런거 자주 할 겨를이 없으니, 어머니 모시고 서울로 가라고 하더라. 그러면서 화를 내며 밖으로 나가길래 나가는 막내를 불렀더니 못 들은 척하고 가더라. 쫓아가서 붙들고 다시 물었다. 너 아까 한 말이 무어냐. 다그쳤더니, 왜 나만 병든 어머니 모시고, 답답한 시골에서 이렇게 살아야 하느냐. 한 달에 한 번씩 돌아가면서 모셔다가 병 간호 할 수 있지 않느냐고 말하더라."

형님은 화가 가라앉는 말투였다.

"할 수 없다. 어머니를 우리가 모실 수밖에, 대신 넘겨준 유산을 다 빼앗기고는 모실 수 없다. 어머니 모실 수 없다는데 그 땅을 그놈에게 줄 수는 없다. 그 유산을 다시 찾아야 한다. 그놈에게 넘겨준 거 다시 찾아야 한다."

"형님이 뭔가 오해한 거 같은데요."

"막내가 그럴 애가 아닌데."

"오해 그런 말 하지 마."
안주 접시를 보며, 잠시 침묵이 흘렀다. 형도 취하고 나도 취했다. 동생도 취했다.

며칠이 지나서 형님은 우리들을 다시 불렀다. 내외가 함께 형님이 자주 가는 제일 식당으로 오라는 엄명이었다. 삼 형제 모두 참석하였다. 삼겹살을 구우며, 그간 지낸 이야기를 몇 마디씩 하고는 말이 없었다. 술잔만 돌렸다. 형님이 말을 꺼냈다.
"저번에 나누던 이야기, 시골에 있는 막내가 어머니를 번갈아가며 모시자는 일, 이걸 어떻게 하죠? 이 문제를 가지고 상의하고자 모이자고 한 겁니다."
모두들 말이 없이 불판 위에서 익어가는 고기만 바라보고 있었다. 굽는 고기가 연기를 내며 타들어 갈 때, 세 여자들이 젓가락으로 고기를 뒤집기도 하고 불판 가로 내놓기도 하였다.
"형님 한 잔 드세요."
나는 형님에게 술잔을 권하며 술을 따랐다.
아무도 말이 없었다. 해결할 묘책이 없었다. 술잔을 단숨에 들이킨 형님이 단호하게 말했다.
"제수님들께 물을게요. 먼저 당신이 얘기해 봐요."
형님은 형수에게 물었다.
"나는 아디시피, 손자가 둘이라서, 그 애들 뒷바라지에 정신이 없네요. 애들이 중학교나 가면 몰라도 ……. 몸도 지금 무릎과 관절이 좋지 않고 병각이라 힘드네요."
말을 마치며 형수는 옆에 있는 내 아내 옆구리를 쳤다. 아내에게 말할 것을 권하였다.
 "저는 유산이 없어서 어머님을 모실 수 없다는 것은 자식 된 도리가 아닌 줄 알아요. 그러나 저도 요즘 허리가 아프고 관절과 허리가 나빠서 종합 진찰을 받는 중이에요. 몸 구석구석 아프지 않은 곳이 없어서 힘들어요. 그래서 모실 수가 없어요. 아주버님 죄송합니다."
 아내는 자기 뜻을 준비하여 외우듯, 또박또박 말하였다. 형님은 아내의 말이 끝나자마자 다시 술잔을 단숨에 들이켰다. 얼굴이 침통해갔다. 들이킨 술잔에 내가 술을 따르자, 셋째 제수에게 물었다. 그도 또박또박 말을 꺼냈다.
 "저는 몸이 아픈 건 아니지만, 애 아빠 하는 사업이 안 되어 은행 빚만 늘어가고 있어요. 저도 그래 한 푼의 이자라도 벌려고, 벌이가 좀 나은 외판을 하고 있어요. 집에 있을 수가 없이 여기저기 돌아다니는 외판을 하고 있어서 어머님을 모실 수가 없어요. 죄송합니다."
 옆에 있는 동생도 고개를 숙이고 아무 말도 없었다. 형님은 더욱 난감한 표정으로 술잔을 들이켰다. 좌석이 무겁게 가라앉았다. 병든 어머니가 가실 곳이 없다. 그렇게도 자식을 사랑하시던 어머니가 가실 곳이 없으시다. 형수와 제수는 젓가락으로 고기만 뒤집고 있었다.
 흐르는 침묵을 깨고 형님이 무슨 결심이라도 하듯 단호하게 말했다.
 "할 수 없다. 우리들이 준 땅을 모두 찾아서 내가 모실 수밖에 없다. 어머니도 돈이 있어야 모실 수 있으니, 모두 팔아서 시내 변두리에 조그만 아파트 하나 사서 내가 모실 수밖에 없다."
 형수가 놀랜 표정으로 말했다.
 "아니 당신이 어떻게?"
 "내가 밥하고 빨래하면서 어머님을 모셔야겠다. 그렇게 하다가 안 되면 요양 보호시설로 모시던지."
 "그게 쉬운 일인가요?"
 내가 말을 받아서 안된다고 하였다.
 "다른 방법 없잖아."
 시골 동생이 땅을 내놓을 리도 없고 또, 당장 팔 수도 없는 일이다.
 "땅을 내놓으라고 하면, 쉽게 내놓을까요? 설령 내놓는다 해도 쉽게 팔 수도 없는 일이고. 그리고서 어머니를 서울로 모셔 오면 시골 동네 사람들이 뭐라고 하겠어요. 병든 어머니 모시기 싫어 물려받은 땅 내놓고 어머니 버렸다고. 시골 동생은 뭐가 되겠어요? 그러면 시골 동네에서 살지 못하죠."
 "그런 놈은 그럴 수밖에 없지."
 "그렇게 해서, 막내가 고향에서 못 살면 우리는 고향에 못가요. 어떻게 형이라고 고개 들고 갑니까?"
 "그래도 할 수 없다."
 형의 결심은 변함이 없었다.
 "불효막심한 놈, 어떻게 그런 말을 할 수가 있어요."
 셋째가 말을 이었다.
 "다시 한번 막내의 마음을 확인해 보는 것이 좋겠네요. 무슨 사정이라도 있느냐고?"

"나보고 분명히 말하였다. 서울로 형님들이 모셔다가 몇 달씩 돌려가며 모시라고, 또 뭘 확인할 게 있어?"

"어떻게 하지? 만약 땅을 내놓겠다면 요양병원으로 모십시다."

셋째도 화가 나서 재촉하듯 말하였다. 모두들 한참 동안 말이 없었다.

"땅을 팔아주면 제가 모시겠습니다. 그 재산을 시골에 묻힐 필요가 없습니다."

갑자기 셋째가 결심하듯 말하였다.

"그렇게만 해주신다면 저도 하는 일 그만두고 모시겠습니다."

남편 말을 받아 제수가 이어갔다.

땅을 팔면 큰돈이다. 그 돈이면 치료비, 입원비, 언젠가의 장례비, 그런 것에 쓰고도 남는다. 잘만 팔면 노후를 편히 지낼 수 있다. 충분하다.

"서도 사업이 안 되어 이자라도 갚느라고 아내까지 외판을 뛰는데, 그렇게만 해주십시오, 제가 모시겠습니다. 형님은 손수 밥하고 빨래까지 하시면서 어머니 병간호하시겠다고 하시지만, 우리는 저희 집에서 편히 모실 수 있습니다. 땅이 팔리지 않는다면 저희한테 넘겨주세요. 그렇게만 해주세요."

동생이 또 말을 꺼냈다. 갑자기 분위기가 변했다.

"그런 조건이면 저희도 모시겠습니다."

갑자기 아내도 맞장구를 쳤다. 조금 전까지만 해도 서로 모시지 못하겠다는 형제들이 땅을 팔아 큰돈이 생기면 모실 수 있다는 것이다. 돈이 생기면 모시고, 그렇지 않으면 못 모시는 어머니였다. 돈이 모든 것을 해결하는구나, 돈 있으면 효자고 돈 없으면 불효자가 되는건가.

"형님 오늘은 이만 일어나고 며칠 더 생각해 봅시다."

내가 잔을 비우며 형님에게 권했다.

"제가 며칠 후에 시골에 다녀올게요. 가서 막내 사정을 알아보고, 확인해 보고 어머니 병세도 살펴보고 올게요."

우리 형제들은 결말 없이 자리를 뜨고 말았다.

며칠 후, 나는 고향 마을 입구에 섰다. 골목을 따라 올라가면 제일 끝 집이 우리 집이다. 우리 네 형제가 자란 집이다. 열세 살, 열한 살, 아홉 살, 일곱 살, 고만고만한 나이에 어릴 적, 우리의 소원은 하얀 쌀밥을 마음껏 먹어 보는 것이었다. 하지만 밥은 언제나 모자랐다. 우린 너나없이 먹을 것만 보면 허겁지겁 야단을 피웠다. 우리 형제들이 아플 때, 어머니는 불덩이 같은 우리들을 업고, 읍내 병원까지 달려가셨던 일이 생각났다.

학교에서 상장이라도 받으면 수업이 끝나자마자, 우리들은 어머니가 일하시는 밭으로 달려갔다. 상장을 들고 어머니를 부르며 달려가면, 두 팔을 벌리고 우리들을 덥석 안아 얼굴을 비비셨던 어머니. 장날에는 콩과 찹쌀을 머리에 이시고 가서 팔아, 운동화를 사오시면 우리들은 자기가 좋아하는 걸 신겠다고 다툰 적도 많았다. 군에 갔을 때, 어머니는 장독대에 정화수를 떠놓고 새벽으로 기도하면서 자식들의 무사를 기원하셨던 어머니. 서울에서 취직했을 때 어머니는 동네방네 다니시며 자랑도 많이 하셨고, 결혼할 아내를 데리고 집에 왔을 때는 자식이 좋아하니까, 그저 좋다고, 얼굴에 분칠까지 하셨던 어머니가 아니셨던가.

집 옆의 느티나무가 동네를 지켜 바라보고 있고 그 뒤로 산이 펼쳐졌다. 낙엽송 군락이 줄을 맞추듯 서 있다. 어느 땐, 아침 안개가 하얗게 온 마을을 가리면 봉우리만 둥둥 떠 있을 때도 있었다. 해가 제일 먼저 닿는 곳이 우리 집이었다. 느티나무가 오늘 따라 유난히 크고 푸르게 보인다.

"집 근처에 큰 나무가 한그루 있으면 자식들한테 좋다더라."
하셨던 어머니의 말씀이 생각났다.

느티나무는 오래전 아버지가 젊은 시절에 심은 나무였다. 20년 전 아버지가 세상을 떠나시자, 어머니는 그 나무를 끔찍이 아끼셨다. 아침 저녁으로 나무를 살피셨다. 바람에 부러진 가지가 있으면 가지런히 쌓아두셨고, 새들이 날아오면 모이도 주셨다. 해마다 시월 초사흘에는 나무 밑에 떡 시루도 갖다놓고 빌기까지 하셨다. 무엇을 그렇게도 기원하셨을까. 객지에 나간 자식들의 무해무탈을 기원하셨을 것이다.

여름철 느티나무 아래는 마을 사랑채였다. 어머니 또래들이 매일 모이셨다. 화투 놀이라도 벌이면 어머니는 시원한 음료를 준비하여 내놓으셨다. 우체부 아저씨도, 지나가는 총각도, 손자가 온 듯 반겨하셨다. 느티나무 아래서 객지로 아들을 떠나보내며. 어느 땐 눈물로, 어느 땐 웃음으로, 걱정하시던, 어머니의 모습이 보인다.

"내가 죽어도 삼 년 안에는 집을 팔지 마라. 이 집은 너희 아버지와 내가 오십년 넘게 살던 집이다. 몸은 떠났을지라도 나는 꼭, 이 집에 놀러 올 거다."

어머니는 우리들에게 여러 번 다짐을 받았다. 우리들이 오가는 모습을 보았을 것이다. 자식들이 사라질 때까지 바라보셨던, 어머니가 이제 회복되어 그런 때가 올까?

마을 안으로 들어서자 어릴 때 있었던 큰 우물터가 생각났다. 물맛이 차고 시원해서 마을 사람들 대부분 이 물을 사용했다. 아주 옛날부터 있어 온 우물은 물맛이 좋고, 여름에는 차고 시원하며 겨울에는 따뜻했다. 사람들은 이 우물에 이무기가 살고 있다고 했다. 그 이무기는 천년이 지나면 용이 되어 장맛비가 쏟아지고 천둥 번개가 치는 날 하늘로 올라간다고 했다. 누구는 여름 어느 날, 달빛 가득한 우물을 들여다보다가 이무기를 보았다고 했고, 누구는 우물 속에서 움직이는 소리를 들었다고 했다.

여자애들은 학교 수업을 마치고 집에 돌아가면 해가 지기 전에 자기 집에 필요한 양의 물을 길어놓아야 했다. 그러다가 두레박을 빠뜨리면 심한 꾸중을 듣거나 밥을 굶기도 했다. 그러기에 두레박을 빠뜨리고는 우물가에서 울기도 했다.

어머니를 일찍 여의고 계모가 낳은 아이를 업고, 물을 길러 나오던 정옥이는 자주 두레박을 빠뜨렸다. 두레박을 빠뜨린 정옥이는 빈 초롱을 들고 집에서 쫓겨났다. 종종 해가 지고 어두울 때까지 우물가에 서서 울고 있으면 물을 길러 나온 아주머니나 큰 언니들이 정옥이의 덜렁대는 버릇을 한바탕 나무란 뒤 "이것 빠뜨리면 네가 우물속에 들어가 건져 와야 해." 하며 경고하듯 두레박을 빌려주었다.

해마다 7월 칠석 때가 되면 우물을 쳤다. 칠석이 다가오면 날을 잡아 떡과 돼지머리, 과일을 차리고 고사를 지냈다. 고사를 지내면 우리들은 떡과 과일을 얻어먹고 젊은 남자들은 물을 퍼냈다. 튼튼하고 남의 일에 앞장서는 순옥이 삼촌이 옛날 이야기에 나오는 사람처럼 튼튼하게 엮은 삼태기를 타고 우물 밑으로 내려갔다. 우리들은 순옥이 삼촌이 우물 속 아래로 내려가는 것을 불안하게 바라보았다. 동그라미 속으로 까마득하게 빨려 내려가는 것만 같았다.

푸른 이끼가 자라는 우물 속에서 돌 틈을 긁는 소리가 끄윽끄윽 소리로 울었다. 바닥을 긁는 소리가 들리고 "올려", "올려" 하는 순옥이 삼촌 소리가 깊숙한 바닥에서부터 벽에 부딪혀 몇 바퀴 돌아 나오면 우물가의 남자들이 줄을 당겼다. 올려 나오는 삼태기 안에는 바닥의 흙이며 녹슨 두레박과 두레박 건지는 갈쿠리, 삭아버린 검정 고무신 한 짝, 썩은 나무토막, 깨진 그릇 사금파리들이 올라왔다.

깊은 우물 속에서 우리가 알지 못하는 무엇인가 굉장한 것들이 있으리라는 기대였을까? 삼태기가 들려올 때마다 모두들 유심히 그것을 살펴보았다. 삼태기에 모래흙이 담겨 오자 일은 끝났다. 마지막으로 순옥이 삼촌이 삼태기를 타고 올라와 '으허허' 하며 영문 모를 웃음을 터트렸다.

우물을 치던 남자들이 차려놓았던 상의 술과 음식을 먹을 때, 우리들은 우물 턱에 매달려 아무것도 없는 텅 빈 우물 속을 말없이 들여다보았다. 우물 속에 이무기는 없었다. 이무기는 어딘가로 사라졌다가, 맑은 물이 고이면 다시 나타날 것이라는 생각을 하고 있을 때, 누구는 물이 솟는 구멍으로 잠시 숨었을 거라고 말했다.

정옥이는 그해 늦가을 우물에 빠져 죽었다. 이른 아침 물을 길러 온 사람이 우물가에서 빈 초롱과 우물 속에 떠 있는 정옥이를 발견했다. 마을 사람들은 해가 진 뒤에는 물을 긷는 것을 금기로 알았기에 정옥이가 죽은 것은 밤중이라 했다. 정옥이 계모는 밤중에 물을 길러 내 보낸 적이 없다고 말했지만, 정옥이는 밤중에 물을 길러 나간 것이 틀림 없었다. 어른들은 그 어린 것이 무엇인가에 홀린 것이 틀림 없다고 수군거렸다. 어떤 이는 제 어미가 불러간 것이라 하고, 어떤 이는 우물 치는 일에 부정이 끼어들었기 때문이라고 말했다.

우물은 메워졌다. 하루 동안 굿을 하고 흙으로 메워졌다. 이무기도 꽝꽝 묻어버렸다.

학교 앞 문구점이라고 희미한 글씨가 남겨진 작은 가게가 있었다. 어둡게 닫혀있는 가게 문을 나는 두들겼다.

"아, 이게 누구야?"

가게 주인이 바깥에서 나타나 나와 아내를 보고는 화들짝 놀래며 다가왔다. 마을 친구였다. 초등학교 중학교를 함께 다녔다. 그와 서로 안부를 묻고 이런저런 이야기를 나누었다.

"시골서 고생 많지?"

"시골 살면서 고생 안 하는 사람 어디 있나? 아니, 엊그제 자네 형님이 다녀갔지. 변두리 땅값 시세를 알아보고 어떤 전답을 처분해야겠다고 하던 데, 아직 막내 앞으로 옮기지 않은 땅이 있나?"

친구는 의아한 듯 물어왔다.

"얘기 들었어. 막내가 형들 자랑 많이 하지. 어머니 뵈러 왔구면. 자주 오게. 막내가 고생 많지. 이 시골에서 막내 부부는 효자야. 제수씨가 더 고생하지."

친구는 반가운 표정에서 걱정되는 표정으로 말했다. 무슨 일이 있을 것 같은 낌새라도 느낀 것 같았다. 그의 어머니는 어머니와 동갑이시다. 일찍 혼자 되셔서 아들 넷을 키워냈다. 아들들을 대학에는 못 보내고 읍내 고등학교까지 만 졸업 시켰다. 첫째가 학교 앞 구멍가게를 하며 어머니를 모시며 지내고 있다. 그의 어머니는 건강하시다. 또래 중에 제일 건강하시다. 둘째는 교통사고로 세상을 떠났다. 그래도 사이좋게 서로 도와 세상을 떠난, 둘째네 가정의 아이들을 잘 가르치고 있어 우애 있는 집안으로 동네에서 평이 나 있다.

그와 헤어진 후 조금 더 마을 가운데로 오자, 옛날에 다니던 초등학교가 있었다. 운동회가 떠올랐다. 5학년 운동회 때, 달리기를 하다 나는 중간에 넘어졌다. 이 모습을 보고 있던, 어머니는 관중석에서 달려 나오셨다. 넘어진 나를 일으켜 세워, 함께 달려 많은 관중석의 사람들로부터 응원을 받았다. 그때 일이 엊그제 같았다.

"옛날에는 한 학년이 세 학급이었는데, 지금은 전교생이 50명이라고 들었지. 아이들이 있어야지. 더구나 누가 시골에서 살려하나?"

아내와 나는 묵묵히 앞만 보며 걸었다. 오래된 집 사이로 현대식으로 지은 마을 회관이 보였다. 나는 아내에게 몇 번 시골에 가서 살고 싶다고 했다. 처음 몇 번은 글쎄로 대답을 흐렸다. 몇 번 더 반복되자, 나중에는 정 그렇게 가고 싶으면, 왔다 갔다

하며 살라고 성의 없이 대답했다. 아내가 시골에 살 자신이 없다고 생각한 나는 더 이상 말을 꺼내지 않았다.

그날은 토요일이었다. 나는 오전 근무를 마치고 일찍 퇴근했다. 아내는 시어머니도 오시고 여름이 가까워 가족들에게 보양식을 먹이고 싶었다. 삼계탕을 준비하던 아내가 나에게 껍질을 까달라며 마늘 한 바가지를 건넸다. 그런 일은 서로가 분담해서 해왔던 것이라서 평소와 다를 게 없었다. 주방에서 한창 식사 준비를 하던 아내가 시어머니가 보이지 않는다는 것을 알았다.
"어머니는?"
"방에 들어가셔서 쉬시는 모양이야."
껍질을 깐 마늘을 아내에게 가져다주며 내가 말했다.
아내가 삼계탕을 다 끓이고 아이들과 내가 식탁에 둘러앉은 후에도 어머니는 나오지 않았다. 아내가 방문을 두드렸으나 대답이 없었다. 살그머니 문을 열었다. 시어머니는 이부자리를 펴고 천장을 바라보며 똑바로 누워있었다. 아내의 심장이 철렁 내려앉았다.
"어머니, 어디가 편찮으세요?"
시어머니가 입을 앙다문 채 차가운 눈초리로 노려봤다. 내가 무슨 일이 있는 것 같아 뒤따라 들어갔다.
"등신 같은 놈."
어머니는 아들에게 한마디 내뱉고는 수건을 동여매고 벽을 향해 등을 돌렸다.
마른 하늘에 날벼락이 따로 없다는 말이 바로 그 말이었다.

영문을 모른 채 안절부절 못하던 우리 부부는 삼계탕은 커녕 저녁도 굶은 채 그날 밤을 꼬박 새워야 했다. 어머니의 머리띠 시위는 그 후로도 일주일이나 이어졌다. 곡기도 끊으셨다. 어머니를 위해 아내는 날마다 갖가지 죽을 쑤어다 바쳤다.

일주일이 지나자 어머니의 건강 상태는 급격히 나빠졌다. 형제들이 모여들어 병원에 입원시켜야 된다고 하자, 그제야 자리에서 일어나 벽에 기대어 앉았다. 기력이 없어도 어머니의 눈빛은 형형했다. 어머니는 이를 악물고 우리를 향해 내뱉었다.

"그래, 새벽같이 나가서 돈 벌어다 주는 하늘 같은 서방을 잘 모시기는커녕 기껏 쉬는 날, 마늘이나 까라고 시켜?"

처음에는 당황했다. 일단 말문을 열었으니 그 말의 내용을 따지기보다 음식을 드시게 하는 것이 우선이라고 생각했다. 형제들 앞에서 우리 부부는 잘못했으니 죽이라도 드시라고 빌었다.

며칠 지나고 나니 아내는 완전히 시어머니에게 길들여졌다. 그때부터 나는 가끔씩 도와주던 집안청소도 일절 손을 대지 않게 되었다. 부부의 생활이 삐걱거렸다. 어머니의 눈초리였다. 베란다의 화초에 물을 주어도 식사준비를 위해 국을 끓일 때도 친구와 전화 통화를 해도 어머니의 눈초리는 감시의 눈초리였다는 것을 알게 되었다.

처음에는 내가 다독거렸다. 어머니가 사시면 얼마를 사시겠냐. 우리가 조금만 참자. 등 등. 그런 나의 다독임에 아내의 서러움은 조금씩 녹아졌지만, 나의 귀가 시간이 어쩐지 점점 늦어졌다.

그러던 어느 날 저녁, 동료들과 회식을 마치고 귀가하던 참이었다. 현관문을 열자마자 어머니가 눈물을 글썽이며 문앞에 있었다. 영문을 모르는 나에게 "저년이" 하고 조그맣게 속닥였다. 안방에서 다림질을 하느라 아내는 나의 현관문 소리를 듣지 못했다. 고개를 숙인 채 다림질을 하고 있었다. 나는 살며시 들어가 아내의 뒤통수를 쳤다. 그러자 아내는 아얏 소리 한 마디 못하고 나뒹굴었다. 비명은 그 다음에 이어졌다. 아내가 넘어지면서 놓친 다리미도 함께 떨어졌다. 지지직. 그 소름 끼치는 밤에 아내는 응급실로 실려 갔다. 갑작스레 벌어진 그 사건에 나는 고개를 들지 못했다. 가뜩이나 침울한 분위기에 잔뜩 눌려있던 스트레스가 그날 마신 소주에 힘입어 순간적으로 이성을 잃었다.

그날 이후로는 어머니가 무슨 말을 해도 나는 그저 네네, 할 뿐 귀담아 듣지 않았다. 그러자, 어머니의 태도가 달라졌다. 세상 어디에도 없는 최고의 아들이라고 하던 나에게 '여우 같은 년에게 홀려서 제 어미도 몰라보는 등신 같은 놈'이라고 중얼거렸다. 그러다가 저녁 식사 후 다과를 트집 잡았다. 어느 날 오후 간식에 다과를 바꾸었을 때 어머니는 아내의 얼굴에 주먹을 내질렀다.

이걸 먹으라고 가져왔냐며, 그때까지 지켜보고 있던 나는 얼굴이 하얗게 놀랬다. 설마 어머니가 주먹질까지 할 거라고는 몰랐다. 또다시 주먹이 날아오자, 아내는 어머니의 손을 잡고 애원했다. 제발 이러지 마세요. 그러자 어머니는 한 술 더 떠서 나를 향해 말했다. 이년 좀 봐라, 이년이 맨날 이렇게 시어미를 구박하고 때린다.

어머니 놀란 나는 소리를 지르며 어머니의 손을 잡고 방으로 들어왔다. 어머니와 나는 언성이 높아지게 다퉜다. 다음 날 나는 어머니를 모시고 시골 동생 집으로 왔다.

느티나무를 바라보며 집에 도착하였다. 느티나무에서 까치 떼가 날아와 울고 있었다. 대문은 열려있었다. 넓은 마당에는 여기저기 농기구가 흩어져있었고 잡초도 군데군데 포기 지어 나 있었다. 적막하였다. 큰기침을 몇 번 하다, 동생 이름을 불러봐도 인기척이 없었다.

어제 동생에게 전화를 했는데 없는 것 같았다. 나는 순간 동생과 제수씨가 무슨 문제가 있었다는 것을 직감했다.

막내는 그날도 아내와 다퉜다.

"아니, 이게 어떻게 된 거여?"

어머니가 밤에 거실로 나오셔서 헤매셨다. 밤새 잠을 주무시지 않으셨다. 막내는 문을 잘못 잠가 어머니가 나오셨다고 아내에게 짜증을 냈다. 거실 여기저기에 오물 칠을 해놓으셨다. 냄새도 역했다. 그의 아내는 이제는 참을 수 없으니 요양병원으로 모시자고 했다. 그러자 막내는 화를 내면서 조금만 더 참아보자고 했다. 형님들과 상의해서 곧 해결 될 거라고 했다. 어머니가 사시면 얼마나 더 사시겠냐고 달랬으나 아내는 더 이상 감당하기 힘들다고 했다. 아내는 걸레질을 하면서 결심한 듯 한마디 던졌다.

"우리 이혼해요. 더 이상 못 참겠어요."

"지금 뭐라고 했어?"

막내는 버럭 화를 내면서 한 마디 하고는 밖으로 나가 버렸다. 아침 해가 동편에서 붉게 물들어 오고 있었다. 잠자던 애들이 거실로 나와 의자에 앉았다. 그의 아내는 큰 애와 작은 애를 번갈아 쳐다보았다. 큰 애는 일곱 살 작은 애는 네 살이다. 결혼 십 년 차에 남은 것이 있다면 두 아들이다. 두 아이를 키우면서 시어머니 뒷바라지로 그동안 자신의 인생은 없었다. 십년 세월이 잔인하게 지나가 버렸다. 결혼 초 시어머니를 모실 때부터 자신에게 인생은 없다고 생각했지만. 너무나 긴 시간이었다. 두 아이들은 의아해서 엄마의 눈을 멀뚱멀뚱 쳐다보았다.

"너희들 엄마 말 잘 들어 ……."

그녀는 망설이다가 말을 이었다.

"엄마는 아빠와 헤어질 거야. 엄마와 아빠랑 헤어지면 너희는 누구랑 살고 싶어?"

두 아이는 갑자기 눈이 커지고 멀뚱거렸다.

"엄마 그게 무슨 말이야?"

"너희들 엄마 없이도 살 수 있어?"

두 아이는 낯빛이 어두워지고, 눈에 눈물이 고였다.

"엄마 무섭게 왜 그런 말을 하는 거야. 으앙"

큰 아이가 소리 내어 울자, 작은 아이도 울음을 터트렸다. 그녀는 안쓰럽게 바라보다가 두 아이를 끌어안고 다독여 주었다.

"엄마, 할머니 때문에 그렇지? 할머니 나빠. 할머니 데려가라고 해."

그녀는 아침 식사를 어머니께 드리고, 아이들을 데리고 친정으로 갔다.

안방 문을 열었다. 역한 냄새가 났다. 아내는 들어가기를 주저했다.

"어머니, 저 왔어요."

"으응."

어머니는 신음 소리를 내시면서 눈을 떴다. 손을 잡고 부축하여 일으켜 앉혔다. 풀어헤쳐진 백발의 머리에 주름으로 깊어지고, 눈만 휑한 얼굴이셨다. 차마 눈 뜨고는 볼 수 없었다. 너무나 쇠약해지신 몸이다. 마치 오랜 세월 비바람에 시달린 나무등걸, 고주박이 같았다.

"잘 가셨수. 복도 많지."

어머니는 혼자 중얼거리셨다. 그 말을 누구에게 하는 말인지 알 수 없었다.

어머니는 나와 동생 사이에 또 한 명의 아기를 임신중절로 버렸다. 당신이 스스로 그 얘기를 자식들에게 넋두리처럼 들려주었다. 어머니는 팔뚝만한 인형을 신문지에 싸서 끌어안고 울면서, 볼을 비비고 있었다.

"아이고 이 새끼야. 너 어찌할꼬?"

"어머니 둘째예요. 둘째요. 둘째 왔어요."

나는 큰소리로 어머니를 바로 앉히며 말했다.

"으응. 여보, 오늘은 왜 이리 늦었어요. 빨리 와야지. 얘들아, 아빠 왔다. 애들은 다 어디 갔어?"

"얘들아, 빨리 이리 와 봐. 이제 먹을 거 가지고 싸우지 마. 제발, 남 보기 부끄러워."

당신과 영원히, 함께

그는 잠시 생각에 잠겨 있다가 방으로 들어가서 가방을 싸기 시작했다. 침대 옆에 놓여 있던 작은 사진 액자도 조심스럽게 챙겨 가방에 넣었다. 몇 해 전에 아내와 같이 갔던 여행지에서 찍었던 사진이다. 겨울 바닷가에서 그가 아내의 어깨를 감싸고 그녀는 머리를 그의 어깨에 기대고 함빡 웃고 있는 사진이었다. 아내는 60대 초반의 정숙해 보이는 부녀자였지만, 그의 눈에는 처음 만났을 때와 같은 모습으로 보였다.

차가 고속도로로 진입하자, 그는 속력을 냈다. 액셀러레이터를 쭉 밟았다. 그는 아내를 만나러 가는 기분을 느꼈다. 평일이라 많은 차들이 없어 도로는 한산했지만, 아내를 만날 수 있다는 설렘으로 그에게는 앞에 가는 차가 느려보였다. 서울 근교를 벗어나면서 평화로웠다.

그가 아내를 처음 만난 것은 대학의 도서관에서였다. 여름 방학에 졸업 논문을 위해서 후배들이 매일 아침 잡아놓은 고정석으로 향했다. 도서관 끝 창가에 있는 그곳은, 아침 일찍 해가 뜨면 저녁 무렵까지 가장 밝고 캠퍼스가 한 눈에 내려다보이는 곳이었다. 누구든지 탐내는 자리였다. 그런 자리를 잡아주는 후배들에게 가끔 홀가분한 금요일 저녁에 밥을 사 주는 것으로 고마움을 표했다.

그날은 항상 옆에서 같이 공부하던 기태 친구의 자리에 여학생이 앉아있었다. 어떤 책에 집중하고 있었다. 이미 와 있던 후배에게 곁눈으로 힐끔 쳐다보면서, 잠깐 밖으로 나오라는 손짓을 했다.

"누구야?"

후배에게 자판기에서 커피를 꺼내주면서 고개로 그녀를 가리켰다.

"기태 형이 어제 가면서 내일 여학생이 올 테니 잘 모시라고 했어요."

기태 형과 동아리 모임을 같이 한 후배인데, 집이 가까워서 여름 방학 동안 기태형 자리에서 공부할 거라고 하면서 기태 형도 가끔 도서관에 나와서 공부하겠다는 말도 해줬다.

기태가 도서관에 온 날, 그녀와 처음으로 학교 식당에서 점심을 같이했다. 그녀가 영문과의 이름이 미혜라는 것도 알게 되었다. 그녀를 처음 보았을 때는, 얼굴에 차가움을 느꼈다. 접근할 수 없을 정도의 냉정한 분위기로 표정에 웃음기는 전혀 없었다, 목소리까지 차분하여 무게를 느낄 수 있었다. 그러다 몇 번 이야기를 나누면서 목소리는 명랑해졌고 얼굴에도 간혹 웃음도 보였다. 그는 그녀에게 관심을 갖기 시작했다.

그는 주말에는 빠짐없이 도서관에 갔다. 대학원 진학을 위한 공부를 했다. 그녀도 취업 준비를 위해서 도서관에 빠지지 않았다. 열심을 냈다. 그가 그녀에게 관심을 가진 이유의 하나는 마음을 열지 않는 그녀의 내면을 알고 싶었기 때문이었다. 그녀와 주로 이야기하는 시간은 점심시간이었다. 식사가 끝난 후 30분 정도 커피를 마시면서 서로 살아가는 이야기가 전부였다. 그녀는 저녁 6시가 되면 인사도 없이 조용히 자리에서 일어나 집으로 갔다.

하루는 점심을 먹고 이야기할 시간을 갖게 되었다. 항상 가는 작은 연못이 있는 등나무 아래 벤치에서였다. 그녀에게 조심스럽게 말을 건넸다.

"졸업 후 진로는 결정되었어요?"

그녀는 잠시 머뭇거리더니 그를 바라보며 말했다.

"외국계 금융회사에 들어가려고 준비하고 있어요. 은행이면 더욱 좋고."

그녀의 목표는 확실했다. 이미 목표가 뚜렷한 그녀에게 덧붙일 말이 생각나지 않았다.

"대학에 들어와서 외국어 공부에 전념한 이유는 외국 금융회사에 관심이 많았어요. 영문학을 택한 이유이기도 하고요. 아버지도 일본 합작회사에서 일하고 계십니다."

"오랜 경륜이 있으시면 중요한 직책에 계시겠네요."

그는 잠시 머뭇거렸다. 그러다 어색한 표정을 지으며 자신의 진로에 관해서 말을 꺼냈다.

"저는 임상 심리학을 공부했지요. 대학원에 진학할 예정입니다. 임상 심리학에 대해 더 알고 싶기도 하고 계속 이 분야에서 공부하고 싶습니다."

"아, 그러세요. 어려운 공부하시네요. 정신적 고통을 겪는 사람들을 이해하며 연구하고 개선책을 마련하는 학문 아닌가요?"
그녀는 고개를 끄덕이며 이해한다는 표정으로 말하며, 연못에 피어 있는 꽃을 바라보더니, 자리에서 일어나 도서관으로 발걸음을 옮겼다.

어느 날이었다. 도서관에 도착하면 늘 먼저 눈길이 갔던 그녀의 자리가 비어 있었다. 그동안 한 번도 그런 적이 없었는데, 순간 당황했다. 걱정이 앞섰다. 자리에 앉아서 혹시 그녀에게 무슨 일이 있는 건 아닐까 하면서 별생각이 다 들었다. 그녀의 연락처도 없고, 마냥 그녀가 나타나기만을 기다려야 했다. 그녀에 대해서 너무 몰랐다는 자책감이 들었다. 그녀를 종일 기다리면서 아무것도 할 수가 없었다.
그는 그녀의 걱정으로 잠까지 설쳤다. 여러 생각으로 잠이 오질 않았다. 다음 날 일찍 도서관으로 갔다. 도서관 앞 정원에 피어 있는 보라색 나팔꽃을 보았다. 아! 웬 나팔꽃이 지금까지 못 보았던 나팔꽃이, 이게 행운인가? 가늘고 가는 줄기에 서너 송이가 아침 이슬까지 맺혀 있었다. 갑자기 꽃말이 생각났다. '기쁜 소식 당신에게' 두 송이를 조심스럽게 꺾었다. 가냘픈 꽃송이를 들여다보았다.

옛날 중국에 유명한 화공이 있었는데, 그에게는 예쁜 부인이 있었다. 그 고을의 원님은 그 부인이 너무 예뻐 동네 사람들이 죄를 짓게 된다는 엉터리 죄명을 붙여 잡아가 버렸다. 그리고는 자기 말을 듣지 않는다고 높은 벽의 옥방에 가두어 버렸다. 화공은 끌려간 부인만 생각하다가 그만 미쳐버렸다. 미친 화공은 며칠 동안 그림 한 장을 그리더니 부인이 갇힌 옥방 밑에 파묻고 스스로 목숨을 끊었다.

얼마 후 갇힌 부인은 밤마다 꿈을 꾸었는데, 남편이 나타나 밤에는 당신을 찾아오지만 해가 돋으면 잠을 깨므로 만날 수 없어 또, 내일을 기다려야 한다는 것이었다. 매일 똑같은 꿈을 꾸므로 부인은 이상하게 생각하며 옥방 밖을 보니 연약한 줄기로 기어 올라와 피어 있는 나팔꽃을 보았다. 부인은 그 꽃이 남편의 넋인 것을 금방 알았다. 그리고는 울면서 나팔꽃을 쓰다듬으며 입을 맞추었다.

그녀의 책상은 비어 있었다. 나팔꽃을 빈자리에 놓았다. 보라색이 그녀의 차고 냉정한 분위기에 잘 어울리는 것 같았다. 야릇한 미소가 입가에서 흘러나왔다. 그는 그녀에게 빠져있는 자신을 발견했다.

밖에 나와 자판기 커피를 마시고 있는데 뒤에서 큰 발걸음 소리가 들려왔다. 뒤를 돌아다보니 그녀가 오고 있었다. 갑자기 가슴이 뛰기 시작했다. 그녀는 피곤한 기색으로 표정 없이 그에게 목례만 하고 자리로 갔다. 그녀를 따라가고 싶었지만, 그의 몸이 움직이질 않았다. 자리에 앉아서 그녀를 가끔 쳐다보는 그 시선은 그녀에게 닿지를 않았다. 시계를 보면서 점심시간만 애타게 기다렸다.

그가 그녀에게 말을 건넨 건 식사를 마치고 나서였다. 어제 무슨 일이 있었는지 궁금했지만, 묻지 않았다.

"나팔꽃 좋아해요?"

누가 갖다 놓았는지 모를 수도 있다는 생각에 그녀에게 조심스럽게 물었다.

"어머니가 좋아하시던 꽃이었어요."

그녀에게서 어머니라는 의외의 답이 돌아왔다.

"사실 어제가 어머니 기일이어서 산소에 다녀왔습니다."

그녀는 조용하지만 담담하게 말을 이어갔다.

"10년 전에 어머니가 교통사고로 돌아가셨어요. 그때는 제가 나이가 어려서 분간할 수 없었는데 나이를 먹으면서 어머니의 사랑이 얼마나 중요했는지 깨닫게 되었습니다."

그녀의 목소리가 떨리기 시작했고, 시선은 하늘을 향하고 있었다.

"제가 중2 때인데, 어머니와 많이 싸웠던 기억이 납니다. 이유도 없이 그랬지요. 어머니는 내색은 않했지만 마음은 편하지 않았을 겁니다."

중간에 잠시 말을 끊었다가 다시 옛날 기억을 이어 나갔다.

"아침에 나팔꽃을 보자, 어머니 생각이 덜컥 났어요. 황당했어요. 어머니가 집 뜰에 나팔꽃을 심어놓고 매일 한 번씩 물을 주시던 모습이 떠올랐습니다."

조용히 듣고 있던 그가 잠시 말을 끊었다.

"제가 그런 사정도 모르고 도서관에 올라오다 예뻐서 두 송이를 끊어 자리에 놓아드렸습니다. 어머니가 그꽃을 보셨다면 좋아하셨을 겁니다."

"아, 그래요. 고맙습니다."
그녀가 놀랜 표정으로 오랜만에 웃었다.
그녀는 고맙다는 말 이외에 어머니에 대해 더는 이야기하지 않았다.

그녀의 아버지는 이북에서 피난 내려와 부산에서 화장품 노점상을 하다가 어머니를 만났다. 두 분 사이엔 나이 차이가 있었으나 열심히 장사해서 화장품 가게를 차렸다. 일본에서 흘러들어온 물건을 팔면서 일본 사람들을 알게도 되었다. 마침내 그들과 한국에 공장까지 차렸다. 원료는 일본에서 들여와 자체 브랜드를 만들어 팔기 시작했다. 회사는 급성장했다. 어머니는 그 회사의 살림을 맡았다. 경리로 일했다.

어머니는 그녀를 임신하면서 회사를 그만두었다. 결혼 후 아이가 없다가 10년이 넘어서야 그녀를 낳았다. 어머니는 그녀에게 모든 정성을 쏟았다. 어머니와 하루종일 함께했다. 붙어살았다. 유치원에 들어가서도 처음에는 적응하지 못했다. 어머니가 옆에서 지켜봐야 할 정도였다. 초등학교에서도 그렇더니, 중학교에 들어가면서 친구들과 어울리게 되었다. 여느 아이들처럼 어머니의 존재를 서서히 벗어 나갔다. 그러더니 사춘기에 들어서면서 어머니와 말싸움을 자주 했다.

"엄마 이제 나한테 신경 쓰지 마! 내가 알아서 할게. 내가 알아서 잘하고 있어."

어머니의 관심이 부담스러워서 하는 소리였다.

"엄마는 네가 변해가는 것이 자연스러운 현상이라고 생각해."

혹시 딸이 사춘기에 접어들면서 급격한 변화를 불안해하는 것은 아닌지 걱정이 들어서 하는 말이었다.

어머니는 그녀가 학교에 가면 가끔 시간을 내어 다녔던 회사에 갔다. 회사를 둘러보고, 손때묻은 사무실을 들렀다. 함께 일했던 직원들과 인사도 나누고, 남편이랑 점심 식사도 했다. 그녀는 그날도 집에서 멀지 않은 회사를 버스를 타고 가면서 고생했던 옛날을 회상했다. 차창 가로 지나가는 푸른 가로수를 보면서 딸이 빨리 철이 들어서 같이 재미있게 지냈으면 좋겠다고 생각했다. 그날이 그녀가 어머니를 본 마지막 날이었다.

그가 그녀와 가까워진 것은 그녀가 취업하면서였다. 원하던 외국계 은행에 입사하게 되었다. 그녀의 직장은 그의 학교에서 가까운 거리에 있었다. 대학원에서 조교를 하는 학교와 가까이 있었다. 처음에는 서로 바쁜 일로 자주 만나지 못했다. 어느 날 그가 그녀에게 연락을 했다. 퇴근 후 저녁이나 같이하자고 전화를 했다.

그들은 서로의 일에 대하여 관심이 많았다. 마침내 그런 관심은 서로의 마음을 여는 계기가 되었다.

"하는 일은 어때요? 재미있어요?"

그가 저녁을 먹으면서 그녀의 얼굴을 쳐다보면서 물어봤다.

"아직은 잘 모르겠어요. 은행 일이 시스템으로 진행되어 아직 서툽니다. 옆에서 많이 도와주는데 빨리 배우고 익숙해져야 할 것 같아요. 기획업무를 맡고 있어 본사에서 온 외국 직원들과 업무 협의를 하고 있어요. 다행히 전산 관련 업무는 별로 없습니다."

그녀는 신입사원처럼 업무에 대하여 자세히 이야기해 왔다. 아직은 정신이 없지만 조금씩 조직에 적응해 가는 것 같았다.

"본사에서 온 외국인들과 문화적 차이고 조금 힘들겠네요?"

그녀의 성격으로 봐서는 그들과의 문화적 차이보다 합리적인 업무로 오히려 편할 것 같았다.

"학교는 어때요? 신입생들이 들어와 바쁘겠어요. 강의는 어렵지 않아요?"

그는 그녀가 과거보다 매우 부드러워졌다는 느낌을 받았다. 아버지와 지내면서 어머니 역할까지 해야 하는 부담감이 어떠할까. 회사에 다니기에 부담감이 많이 줄었을까?

말도 많아지고 표정도 상당히 밝아졌다. 차림새도 학교 다닐 때와는 달리 정장을 했다. 더욱 성숙해 보였다.

"이제 바쁜 건 지났고, 강의 준비만 하면 됩니다. 담당 교수님과 맡은 외부 프로젝트 준비하는 것이 힘이 듭니다."

그가 그녀를 유심히 바라보면서 말했을 때

"강의하는 모습 보고 싶어요."

그녀도 그를 유심히 바라보면서 말했다. 그녀의 우수에 찬 눈빛도 많이 달라졌다. 의젓한 여성의 모습으로 다가왔다.

그럭저럭 시간은 지나갔다. 2년이 흘렀다. 2년이 어떻게 지나갔는지 모를 정도로 그녀와의 어떤 추억을 만들지 못했다. 가끔 만나서 영화를 보거나 음악 연주회에 간 것이 전부였다. 아니면 그녀가 맛집을 찾아 연락이 오면 함께 가는 정도였다. 서로 바빠서 가까운 근처의 여행도 없었다. 그가 지도교수와 외부 프로젝트를 완성하고, 머리를 식힐 겸 해서 그녀에게 가을 여행을 제안했다. 그녀도 틀에 박힌 직장생활에서 벗어나고 싶었을 것이다. 함께 시간을 만들었다. 그리고 그는 가족들에게 소개시킬 기회를 만들고자 했다. 그녀에 대해서는 그의 가족들은 다 알고 있었다. 그녀가 어떤 생각을 하고 있는지 몰라서 아직 소개할 수 있는 때가 아니었다. 이번 여행은 그런 가족들의 기대를 만족시킬 기회가 되었으면 했다.

그녀의 집 근처에서 차에 태우고 선운사로 향했다. 일정은 이미 그녀에게 알려주었고 동의를 구했다. 고속도로는 주말이라 많은 차들이 밀리고 있었다. 그녀에게 선운사를 간략히 소개하면서 가족들과 자주 오는 곳이라는 말도 해주었다. 그녀는 '가족'이라는 말에 잠시 눈을 감았다. 어머니가 돌아가시고, 아버지와 10여 년을 살면서 가족이라는 말이 조금은 어색했을 것이다.
"부모님이 불교 신자이신가 봐요?"
그녀가 물어왔다. 그녀는 종교에 관심이 많지 않았다. 어머니가 그녀를 어릴 적 집에서 가까운 절에 데리고 다녔다. 절 입구에 세워진 사천왕상을 보고 울면 어머니가 품속으로 껴안았던 기억이 떠올랐다.

그들은 서해안 고속도로를 따라가다가 부안IC에서 나와 지방도로로 들어섰다. 변산반도를 돌아가는 코스를 정했다. 해수욕장도 지나고 울창한 소나무 사이로 숨었던 바다가 펼쳐졌다. 잔잔하게 반짝이는 물결에 눈이 부셨다.

선운사는 동백나무 군락지였다. 사찰 언덕에는 붉게 물든 꽃과 낙화 된 것들이 어우러져 지천이었다. 그녀는 손수건에 몇 송이를 줍다가 손가방 속에서 보자기를 꺼내 동백꽃 낙화를 주워 모았다.

그들은 근처의 식당에서 장어구이와 붉은 복분자 술에 취했다. 그녀는 무엇을 예감했는지 술잔을 홀짝홀짝 자주 비웠다. 창백했던 뺨이 그제야 핏기가 돌았다.

그날 밤 저녁 안개가 몰려 와 도솔암을 감싸는 신비한 모습을 볼 수 있는 호텔에서 여장을 풀었다. 그녀가 먼저 욕실을 썼는데 그가 샤워를 하러 들어가자 욕조에 물이 가득했고, 주워온 동백꽃잎을 그녀가 물에 띄워놓았다. 욕조 가득 떠 있는 낙화한 붉은 꽃잎이 애잔했다. 그날 그는 그녀의 허리를 안았다. 나긋나긋하게 가벼웠으나 의외로 몸은 뜨거웠다.

이튿날 그들은 선운사 이곳저곳을 둘러보았다. 그녀는 어머니 생각을 하는 건지 아니면, 또 다른 무엇을 생각하려 애쓰는지 간혹 먼 하늘을 바라보았다.

"사실 오늘 이곳에 온 목적은 ……."

그가 무슨 말을 하겠다는지, 결심한 듯 그녀를 바라보았다.

"사실 이곳에 온 목적은 당신에게 하고 싶은 말이 있어서입니다."

당신이라는 말을 하고 그가 얼굴이 빨개지면서 말을 꺼내자, 그녀가 가던 길을 멈추고 그를 쳐다보았다.

"저희 집에서 관심이 많아서 집으로 인사드리러 갔으면 합니다. 너무 부담 가질 필요는 없습니다."

그녀는 '부담'이라는 단어를 생각하면서 조심스럽게 말을 꺼냈다.

"어머니가 돌아가시고, 아버지가 제대로 저를 보살펴주지 못해서 항상 마음이 아프다고 하셨습니다. 그럴 때마다 빨리 좋은 남자 만나서 아버지의 부담을 덜어드려야겠다고 생각했지요."

그녀는 그의 가족에 대한 부담보다는 그녀의 아버지에 대한 부담으로 말을 돌렸다. 그는 그녀의 손을 살며시 잡았다. 그녀가 말한 '부담'이라는 말의 의미를 이해할 수 있을 것 같았다. 그가 그녀를 기다리게 했을지도 모르겠다는 생각을 했다. 그녀는 아무 말 없이, 그의 손을 꼭 잡았다.

그녀와의 결혼 생활은 순조로웠다. 그들은 손을 꼭 잡고 단둘이 오순도순 백년해로하자고, 죽으나 사나 함께하자고 굳게 맹세하였다. 일남 일녀의 아이들까지 잘 커 줘서 걱정 없이 살았다. 그녀는 10여 년 다녔던 직장도 아이들의 교육을 위해서 그만뒀다. 그 역시 대학의 교수로 승진했다. 마침내 교환교수로 해외로 가게 되었다. 처음에는 그 혼자 가기로 했으나, 아내가 이번 기회에 온 가족 넷이 함께 가길 원했다. 아이들도 이번 기회에 외국에서 공부해보면 좋을 것 같다는 말에 가족과 함께 가게 되었다. 체류 기간의 경비도 걱정이 없었다.

교환교수를 마치고, 1년 후 그는 홀로 귀국했다. 아내는 아이들을 돌봐주기 위해서 남았다. 아이들이 현지 학교에 잘 적응하고 계속 공부하고 싶다고 해서 그렇게 결정을 했다. 그는 가족과 떨어지기 싫었지만, 그들의 선택에 다른 방법은 없었다. 그는 학교가 방학이 되면 현지로 가서 가족과 함께 지냈다. 현지 학교의 주변 환경은 천국이었다. 태평양 바닷가 근처라 더없이 좋았다. 여름이면 바다와 하늘이 같은 색이 되었다. 어디가 바다고 어디가 하늘인지 구분이 되지 않았다. 아이들과 지내다 보니 이제는 간섭할 일이 없었다. 자기 할 일은 자기가 다 감당할 만큼 자랐다. 저녁에는 하늘에 가득한 별을 보면서 시원한 맥주 한 잔으로 하루를 마감했다. 그런 아이들을 보며 아이들의 장래에 대해서도 밤새도록 이야기를 나눴다. 아내가 말이 많아졌다. 그것은 외로움이라 생각했다.

"당신 덕분에 이곳에 와서 아이들은 학교생활 재미있게 하고, 나도 잘 지내고 있는데 당신만 오랫동안 떨어져 있는 것이 미안하고 아쉬워요."

아내와 결혼 생활이 벌써 20여 년이 가까이 되지만, 그는 그녀를 처음 만났을 때의 설렘이 그대로 유지되고 있었다. 그녀의 손을 처음 잡았을 때의 따스함이, 그녀의 품에 안겼을 때의 포근함이 그의 머릿속에는 그대로 간직되어 유지되고 있었다. 전혀 변하지 않은 아내의 사랑 때문이었다.

"아이들이 좋다면 우리가 떨어져 있어도 괜찮아. 아이들이 대학에 들어가면 한국으로 와야겠지. 이제 얼마 남지 않았네."

아내가 잠시 말이 없어졌다. 그는 아내가 잠이 들었는지 보려고 옆으로 고개를 돌렸다. 아내는 울고 있었다. 그는 아내를 감싸며 가볍게 볼을 댔다. 아내는 아이들만 아니라면 당장이라도 그에게 달려가고 싶었을 것이다. 아내가 말은 하지 않았지만, 그에 대한 그리움과 고독감이 하루에도 몇 번씩 교차했을 것이다. 차라리 그가 휴직을 하고 함께 있었으면 했다. 그는 아내를 있는 힘을 다해 끌어안았다.

 그가 학교에서 강의 중인데 급한 일이라고 조교가 들어와 쪽지를 건네주었다. 강의 중에는 항상 핸드폰을 꺼 놓았던 그에게 연락이 닿지 않았기 때문이었다. 아내가 응급실에 갔다는 큰애의 메시지였다. 건강했던 아내가 응급실에 갔다면 심각한 상황이라는 생각이 들었다. 큰애와 통화를 해보니 학교 마치고 집에 왔을 때, 통증이 심하여 아랫배를 움켜잡고 실신해 있었다고 했다.
 그는 아내에게 한국으로 들어와 종합검사를 해보자고 했다. 아이들이 알아서 할 나이가 되었으니 들어오라고 재촉했다. 아내는 계속 복통에 시달렸다. 처음에는 괜찮다고 하던 아내도 걱정이 되어서인지 들어오겠다는 연락이 왔다. 그는 같은 대학의 후배 의대 교수에게 아내의 증상을 이야기해 주고 담당 의사를 소개받았다.
 아내가 공항 출국장으로 나오는 모습을 보면서 그는 마음이 아팠다. 아내는 집으로 돌아오자 집안 곳곳을 둘러보았다. 집의 모든 것이 그대로인데, 거울에 비친 자신의 변한 모습을 보았다.
 아내가 병원에서 검진을 받았다. 검진을 받고 아이들과 어릴 때 자주 갔던 공원으로 향했다. 울창한 나무 사이로 길을 따라 가다가 보니, 옆에서 흐르는 물소리가 모든 것을 씻어 내리는 것 같았다. 둘은 손을 잡고 말없이 한동안 걸었다.

"아이들이 엄마 없어도 잘 지내겠지? 옆집 아주머니한테 가끔 돌봐달라고 부탁은 하고 왔는데 잘할 수 있을지 걱정이 되네요."

아내는 애들 뒷바라지를 못 해주는 것이 내내 마음이 걸렸다.
"애들은 잘할 거야. 어제 전화했을 때도 잘하고 있다고 했어."
아내의 계속되는 말을 들으며, 그는 앞만 보고 걸었다. 그의 머릿속에는 의대 교수의 말이 맴돌았다. 3년 생존 확률이 어렵다고, 마음 준비하라는 말이 떠올랐다. 그는 아내가 오랫동안 아이들과 힘들었을 일을 생각하며 아낌없는 사랑을 주고 싶었다. 그는 그런 충분한 시간이 주어질까 걱정이 되었다.

가을이 지나가고 겨울이 왔다. 하늘에서 하얀 눈이 내리고 있었다. 아내는 병실 밖으로 내리는 눈을 보면서 눈물을 흘리고 있었다. 담당 의사의 말이 떠올랐다. 몸속의 암이 이미 다른 곳으로 많이 전이된 상태라고 했다. 그녀의 머릿속에는 '죽음'이라는 단어가 맴돌고 있었다. 그리고 외국에 두고 온 아이들의 얼굴이 떠올랐다.

평생 아프지 않던 그녀가 병실에서 내리는 눈을 보며 무얼 생각할까? 그는 마음이 아팠다. 눈가에 이슬이 맺혔다.

그의 머릿속에는 마음에 준비하라는 의사의 말을 잊지 않고 있었다.

그녀의 아름다운 눈동자에 묻혀 살았는데 아내를 위해 해줄 수 있는 일이 떠오르지 않았다. 한 가지도 떠오르지 않았.

시간이 흐르자, 아내 모르게 흘린 눈물도 이제 마르기 시작했다. 이제는 그녀에게 해줄 말도 그녀의 눈동자도 볼 수 없었다. 아내는 반응이 없었다. 그가 옆에 가서 흔들어야 겨우 반응이 있었다. 점점 차가워 가는 그녀의 몸이 안쓰러웠다. 얼굴도 앙상한 뼈만 남았다.

그는 여러 생각 끝에 담당 의사와 상의해 아내를 집으로 옮기기로 했다. 또한 학교에도 휴직계를 내고 아내의 병간호에 전념하기로 했다. 아내의 증세를 완화해 주면서 편안한 마음을 갖게 해주고 싶었다. 가끔 잠을 자다가 통증으로 인한 고통을 호소하면 처방해온 진통제를 주면서 진정시켰다. 음식을 제대로 먹지 못해 체중이 점점 줄어갔다. 그래도 아이들이 걱정할까 봐 전화가 오면 '엄마는 별일 없이 잘 지내고 있어'라는 말만 반복했다. 고통은 날로 더해갔다. 아내는 죽었으면 좋겠다는 말을 수없이 했다. 하루에도 몇 번씩 삶과 죽음의 기로에 서 있었다. 고통과 괴로움으로 더는 버틸 수 없다는 아내의 절규에 그는 무너지기 시작했다. 그는 아내의 그런 말을 들을 때마다 같이 죽고 싶은 심정이었다. 그는 처방받은 수면제를 조금씩 모아 놓았다. 그녀를 끝까지 지키고 싶었지만, 힘들어하는 모습을 보면서 차라리 편하게 보내주는 것이 좋을 것 같다는 유혹을 받았다. 그도 이제는 점점 쇠약해지기 시작할 때이었다.

"여보 당신에게 받은 사랑 항상 가슴에 간직한 채 살았어요. 당신의 마음 한 번도 잊어 본 적이 없지요. 난 정말 행복했어요. 당신을 만나지 못했다면 내 인생이 어떠했을까요. 고마워요. 여보. 여보 고마워."

아내는 그의 손을 잡고 숨을 헐떡거리며 눈물을 말을 이어갔다.
"이제는 당신과 영원히 함께 살 수 있는 곳으로 가고 싶어요. 그곳이 보이기 시작해요."
아내의 눈에는 이슬이 맺히기 시작했다.
"여보 당신이 가는 곳으로 따라가겠소. 영원히 함께합시다. 당신 만나서 너무 행복했었소. 다음 생애에도 당신과 함께할 거요."
그는 쏟아지는 눈물로 아내와 마지막 눈 인사를 했다. 따뜻했던 그녀의 손길이 온몸을 감싸고 있었다. 생생한 목소리가 귓전을 맴돌았다. 그는 아내를 위해서 마지막 결정을 했다. 떨리는 손으로 그녀의 옆에 약을 놓았다.

아내의 장례는 3일 장으로 치뤄졌다. 마지막 화장장에서 유골 가루는 오동나무 상자에 담겨졌다. 참담한 마음으로 안아보는 유골의 따뜻함이 아내의 체온보다 뜨거웠다. 금방 있던 사람이 이 세상에서 없어졌는데 너무나도 허무했다. 믿어지지 않았다. 살아있다고 생각하는 것이다. 죽고 사는 일이 당연하다고 말들 하지만 살아서는 죽음을 경험할 수 없다. 한 됫박의 재가 삶의 무게가 아니지만, 허무를 느끼기에 충분했다. 삶은 무겁다. 이 세상에 소풍 왔다가 돌아가는 마음으로 먼저 돌아가시오. 나도 곧 따라가겠소. 그는 마음속으로 다짐했다.
유골함은 선운사 근처의 수목장에 안치되었다. 특별히 동백나무 밑에 시퍼런 울음을 꾹꾹 눌러 안치되었다. 어디서 들려오는 치맛자락 소리에 동백꽃 잎 하나가 파르르 떨며 날아와 떨어졌다. 동백나무 속에서 웃고 있는 아내와 작별 인사를 했다.

지난 1년 동안 그는 신변 정리부터 시작했다. 미국에 있는 아이들의 문제까지 준비해왔다. 이번 학기 강의를 마지막으로 학교에 사직서를 제출할 예정이다. 그는 아내에게 했던 약속을 지킬 수 있어서 마음이 편해졌다.

어느 날이었다. 아내는 알 듯한 사람들과 등산을 가고 있었다. 세 쌍의 부부가 서로 손을 잡고 가고, 아내는 뒤에 혼자 따라가고 있었다. 얼마를 가다가 쉼터에 둘러앉아 음료수를 마시며 이야기를 나누다, 왜 혼자냐고 누군가 아내에게 물었다. 아내는 저 뒤에 온다며, 일어서서 뒤를 향하여 여보 여보를 외쳐 부르고 있었다. 부르는 소리에 그는 침대에서 벌떡 일어났다. 꿈이었다.

그는 가장 친한 친구 민구에게 부탁할 말도 있고 마지막 인사도 할 겸 저녁이나 함께하자고 했다. 그가 약속 시간을 훌쩍 넘겨 허겁지겁 들어오는 모습이 보였다. 회사에서 늦게 끝났다고 떠들어댔다.
"정말 오랜만이야. 얼굴이 많이 야위었네. 표정은 밝아 보이네. 뭐 좋은 일이라도 있나?"
친구는 그의 얼굴을 반갑게 바라보면서 비즈니스맨다운 말을 했다. 친구는 그에게 무슨 일이 일어나고 있는지, 이제 무엇을 할 건지도 다 알고 있었다. 그에게 해줄 수 있는 것은 자연스러운 모습을 보여주는 것뿐이었다.

식사 중에 술이 몇 잔 오고 간 다음에야 그가 다시 입을 열었다.

"애들과는 메일로 연락을 끝냈네. 이제 자네가 해줄 일은 나를 편하게 보내주는 일만 남았네. 나머지 일은 변호사와 뒷정리 부탁하네."

그는 친구에게 아내가 묻힌 동백나무 밑에 자기도 함께 묻어달라고 했다.

그의 진지한 말에 친구는 아무 말도 하지 않았다. 말없이 서로 주고받는 술잔 속에 그들의 마음이 전해지고 있었다.

그는 참았던 눈물이 쏟아졌다. 달리는 차 앞에서 누군가가 손짓을 하는 것이 보였다. 웃는 아내의 모습이었다.

"여보, 당신을 만나러 가는데, 마중 나왔소?"

잠시 머뭇거리면서 중얼거렸다. 다시 똑바로 바라보자, 아내는 어디론가 사라져 버렸다. 그는 아내를 만난다는 생각에 얼굴이 환해졌다. 아내와 오래전 여행했던 변산반도를 지나고 있었다. 아름다운 이곳에서 둘이 영원히 살고 싶다는 아내의 음성이 들려왔다.

그의 차가 아내가 묻힌 수목장 공원에 들어섰다.

"여보, 여보. 기다렸지"

그는 차에서 내려 아내가 묻혀있는 동백나무로 달려갔다. 그리고는 그 옆에 누워 아내와의 약속을 지키려 하고 있다. 액체가 몸속으로 들어오면, 두 사람의 영혼이 함께 할 것이다. 그토록 사랑했던 아내와 함께 할 수 있다는 행복감으로 그는 서서히 눈을 감았다. 아내가 저 멀리서 손을 흔들며 달려오고 있었다. 그도 달려가서 아내를 껴안았다.

홍석의 꿈

 마침내 홍석은 그놈과 함께 서울행 기차를 탔다. 서울로 가면 고학이라도 해서 고등학교를 마칠 수 있고, 대학도 갈 수 있다고 그놈이 꼬드겼다. 아웃 마을에 사는 그놈은 초등학교 때부터 잘 아는 사이였다. 공부는 그렇고 불량기가 많았다. 시험 때마다 용케도 홍석 옆자리에 앉게 되어 홍석의 답안지 옮겨 쓰기에 몰두하여 성적도 중간 정도를 유지했다. 언제부터인가 그놈은 가출을 계획하고 있었다. 서울을 꿈꾸고 있었다. 부모님의 꾸지람과 위로 둘이나 있는 형들의 잔소리가 싫었다. 동네 마을 언덕에 있는 팽나무 밑에서 세 번이나 만났다.
 홍석은 고 3을 앞두고 정학 처분을 받아 3학년 진급을 하지 못할 처지였다. 아버지는 공부고 뭐고 다 집어치우고, 농사나 지으라며 화를 내셨다. 학교에서 보낸 정학 처분 통지를 퇴학이라 알고 계셨다. 퇴학을 맞은 놈이 어디 가서 무얼 하겠냐고 노발대발이셨다. 중학교 때는 장학금을 타고, 전교 학생회장이 되었을 때는, 판검사, 아니면 국회의원을 만들겠다고 동네방네 자랑하고 다니신 아버지였다. 그럴 때마다 홍석은 아버지의 소원을 이루어드리겠다고 다짐했다.

홍석은 건강이 좋지 않아 두 달을 집에서 쉬고 학교에 나갔다. 여름방학까지 끝내고 꿈틀대는 희망을 가슴에 안고 학교에 갔다. 언제 그렇게 열이 났었다는 듯이 몸도 거뜬했다. 낮에는 뒷산에도 오르고, 논밭에 나가 아버지 일을 도왔다. 피부도 건강하게 갈색으로 그을렸다. 그는 꿈에서 깨어나듯 앞날의 희망에 부풀어 있었다.

오랜만에 들어간 교실은 어수선했다. 겨울 방학이 다가오고 더구나 크리스마스가 학생들을 들뜨게 했다. 선생님들은 3학년 형들의 대입지도 문제로 바쁘신지 수업도 전 같지 않았다. 교과 진도를 다 끝낸 선생님도 아이들 성화에 못 이겨 재미있는 이야기로 시간을 보냈다. 아예 자습으로 교실에 들어오지 않는 선생님도 있었다. 그러나 홍석은 1학기에 놓친 공부를 따라잡아야겠다고 결심했다. 2학기 중간시험에 10등 밖으로 밀려났다. 빼앗긴 1등을 다시 찾아야 했다. 홍석은 하루에 여섯 시간 자는 것과 밥 먹는 시간을 빼고는 책을 붙잡고 씨름했다.

그렇게 11월이 가고 12월이 되었다. 교실은 연말 분위기와 크리스마스 분위기에 빠져 들떠있었다. 이상한 쪽지와 편지가 돌기 시작했다. 이전에 볼 수 없었던 남학생의 편지가 여학생에게로 가고 여학생의 편지가 남학생에게로 왔다. 그러면서 뒤편 교사의 여학생반과 앞 교사의 남학생반이 가까워졌다. 소문도 무성하게 나돌았다. 남학생 누가 여학생 누구를 좋아하고, 남학생 누구와 여학생 누가 중국집에서 만났고, 심지어 남학생 누구와 여학생 누가, 은밀한 곳에서 밤을 보냈다는 말도 나돌았다.

그런 소문 중에 홍석의 가슴에 불을 지르는 소문이 들려왔다.

홍석이 좋아하는 여학생이 영어 선생님과 사귄다는 소문이었다. 대학을 갓 졸업하고 3월 초에 부임한 영어 선생님이었다. 친구들은 홍석이 학교에 못나오는 동안 두 사람 사이가 보통이 아니라고 홍석이 들으라고 떠들어댔다. 홍석이 거의 한 학기를 집에서 쉬고, 또 공부에 열중하느라 까맣게 모르고 있었다. 그러던 토요일 오후였다. 그가 학생회 일로 교실에 남아 있었다. 반장들과 학생회 간부들이었다.

"야, 인마 홍석, 저기 좀 봐라."

기율부장인 이경수가 홍석을 불렀다. 홍석은 무슨 일인가 싶어 이경수 옆으로 갔다. 그러자 이경수가 가리키는 것은 학교 뒷산 쪽으로 영어 선생님과 한 여학생이 가는 것이 보였다. 갈색 양복을 입은 젊은 선생님과 검은 교복을 입은 소녀가 손을 잡고 걸어가고 있었다. 연인같이 보였다. 홍석은 갑자기 가슴이 뛰었다. 울렁거리기 시작했다.

"야, 너 가만히 있을 거야? 쫓아가 봐."

이경수가 숨을 거칠게 쉬고 있는 홍석을 부추겼다. 홍석은 그 자리에서 꼼짝하지 않았다. 아니 움직일 수 없었다.

"어쭈! 잘 어울리는데."

"잘한다. 잘해. 선생과 학생이."

"저러니까 애들이 연애편지 돌리고 사고치고 지랄들이지."

유리창에 붙어 바라보던 아이들이 한마디씩 했다. 그러나 홍석은 두 사람의 모습이 아름다워 보였다. 집으로 가는 방향이 같은 선생님과 학생이 함께 가고 있는 것이라 생각하고 싶었다.

1학년 추석 때, 예능 발표회 준비로 미술 선생님 집에서 모였을 때, 처음 보았던 소녀, 빨간 치마에 색동저고리를 입었던 소녀, 몇 번 만나 시집을 주고받았던, 한 소희가 다른 모습으로 보였다.

겨울 방학이 얼마 남지 않아, 학습 분위기도 엉클어진 어느 날이었다. 1교시 수업이 늦어지나 싶더니, 여러 선생님들이 한 꺼번에 교실로 몰려 들어왔다. 선생님들은 소지품을 모두 책상 위에 꺼내놓고 복도로 나가라고 했다. 그러면서 선생님들은 밖으로 나가는 학생들의 몸수색까지 했다. 학생들은 무슨 영문인지 몰랐다. 갑작스러운 일에 모두 놀랬다. 학생들이 모두 밖으로 나가자, 선생님들은 책상 속의 소지품과 책가방을 뒤져서 여학생들과 오고 간 쪽지와 편지를 수거해갔다.

선생님들이 그렇게 교실을 휩쓸고 간 후였다. 학생들이 술렁이기 시작했나. 알고 보니 2학년 남학생 세 반만 그렇게 다녀간 것이었다. 나란히 붙어있는 다른 반 학생들이 복도에 모여 웅성거렸다.

"선생님들이 이럴 수가 있냐!"

"수업 받을 시간에 떼로 몰려와 도둑 물건 찾듯, 우리의 사물을 뒤져 가져가도 되냐!"

"수업 시간은 우리 부모님들이 돈 주고 산 시간이다"

"선생님들이라고 이렇게 우리를 무시할 수 있냐!"

"우리들이 학생이라고 이렇게 무시당할 수 없다"

"선생님도 학생과 연애질하는데 여자 친구들에게 우정의 편지를 돌리는 것이 무슨 죄가 되냐?"

복도는 시끄러웠다. 가만히 있을 수 없다고 이구동성으로 우리들은 멍청하지 않다고 웅성거렸다. 누구는 신문사에 알려야 한다고 하고, 누구는 방송국에 알려야 한다고 했다.

홍석도 마음의 동요를 억누를 수 없었다. 홍석은 선생님들이 다녀간 세 반의 반장들을 불러 모았다. 검색당한 세 반 교실에 들어가 모두 운동장으로 모이자고 했다.

"우리는 뭉쳐야 한다. 한 사람도 빠짐없이 똘똘 뭉쳐야 한다. 그래서 우리의 태도를 보여줘야 한다. 우리의 뜻을 분명하게 보여주자. 선생님들은 우리를 불량 학생으로 몰았다. 안 그러냐?"

세 반의 학생들이 모두 가방을 챙겨 가지고 모인 운동장에서 홍석은 단상에 올라가 소리쳤다.

"옳소! 그래 맞다. 맞다. 우리들의 본때를 보여주자."

"내일부터 모두 학교에 나오지 않는 거다."

"우리뿐만 아니라 다른 반 애들도 함께하도록 하자."

운동장 여기저기서 아이들이 소리쳤다. 운동장에 나오지 않은 다른 반 아이들과 1, 2학년 학생들이 유리창에 빼곡히 바깥을 바라보고 있었다.

'일월산 정기 받아 가슴에 안고, 내일의 꿈을 향해 배우는 우리 …….'

교가를 부르기 시작할 때, 선생님들이 몰려나왔다. 선생님들이 학생들 앞에 나란히 섰고 훈육 선생님과 또 다른 선생님이 단상에 올라와 홍석을 끌어 내렸다. 학생들은 '우—' 괴성을 질러댔다. 학생회 간부 서넛은 단상에 다시 뛰어오르려 할 때 체육 선생님들과 몸 싸움도 있었다.

"여러분, 여러분"
　마침내 교감 선생님이 핸드마이크를 잡고 간곡히 외치는 바람에 조용해졌다.
　"여러분 정말 미안합니다. 선생님들이 교실에 들어가서 여러분의 소지품을 검사한 것은 더 큰 불상사를 막고, 면학 분위기를 조성하기 위한 것입니다. 미안합니다. 그러니 여러분도 이제 교실로 들어가십시오. 여러분의 이런 집단행동은 학교 망신이고 여러분도 좋지 않습니다. 이런 일이 있어서는 절대 안 됩니다."
　교감 선생님의 말씀은 간곡했다. 어느 선생님은 고개를 들지 못하고 있었다. 이어서 교장 선생님도 단상에 올라가 '여러분은 큰 꿈을 갖고 더 열심히 공부하여, 자기 발전과 학교의 명예를 걸고 더 넓은 세상으로 나가자'고 호소했다.
　농성은 시작도 못하고 그렇게 끝났다. 이어서 열린 징계회의에서 홍석은 징학 2개월, 선생님들과 몸싸움을 한 학생들은 1개월 처분을 받았다. 담임 선생님은 집에서 건강을 회복하며 쉬었다가 내년 신학기에 학교에 나오라고 했다. 이 소식을 알게 된 아버지는 노발대발하셨다. 학교에서 퇴학을 당한 놈은 논밭에 나가 일이나 하라고 내몰았다.

　서울로 올라와 홍석과 그놈은 처음 가구공장에서 일했다. 그놈의 외사촌 형이 일하는 공장이었다. 원목을 자르고 다듬어 가구를 제작하는 공장이었다. 그놈의 사촌 형이 사장한테 인사시켰다. 사장은 일만 잘하면 야간 학교에 다닐 수 있고, 대학까지 갈 수 있다고 했다.

생생한 나무 냄새와 돌아가는 칼날 소리가 희망을 갖게 했다. 그들은 원목을 나르는 것을 돕고 쉴 틈 없이 나오는 부스러기를 한곳으로 쌓아두는 일을 했다. 허술한 방에서 네 명의 직원들과 함께 생활했다.

홍석은 다음 해에 학교에 다닐 준비도 했다. 밤이면 자는 사람들의 틈에서 몰래 나와, 울타리 가로등 밑에서 책을 읽기도 하고 수학 문제도 풀었다. 그러나 다음 해에도 학교에 가지 못했다. 사장이 약속을 지키지 않았다. 그들의 요구를 모른 채 묵살해 버리고, 다음 해로 미루었다. 밤늦게까지 일만 시켰다. 일만 잘하면 다음 해에는 꼭 보내주겠다는 것이었다. 그리고는 그들을 감금하다시피 했다. 그놈의 형은 아무런 힘이 되지 못했다.

홍석은 그놈에게 여기를 탈출하자고 했다. 그러나 그놈은 망설였다. 사장의 말을 믿는 것 같았다. 홍석은 그놈에게 분명히 말했다.

"어리석은 놈아, 사장이 우리를 놓아줄 것 같아? 네가 안 가면 혼자라도 도망갈 거야."

그리고는 목재소를 탈출했다.

우리는 떨어질 수 없다며 따라붙은 그놈과 서울 어느 변두리 달동네에 방을 구했다. 루핑 지붕에 판자로 바람막이를 한 허술한 집이었다. 보증금이 적은 월세방이었다. 안채에서 조금 떨어진 작은 방이었지만, 음식을 해 먹을 수 있는 부엌도 달려있었다.

이튿날부터 그들은 달동네 밑, 거리를 헤매며 일할 곳을 찾았다. 철공소 앞에서 기웃거리다가 안으로 들어가 보기도 했다. 철판을 들어 자르고 구부리는 일이 여간 힘들어 보이는 게 아니었다. 사장이라는 사람이 일하고 싶으면 내일부터 오라고 했으나, 여간 힘 드는 일이 아니어서 그들은 그만두기로 했다. 전신주에 붙은 사원 모집 광고를 보고, 전자 부품을 만드는 곳도 가보았나. 기술이 있어야 한다고 했다. 종이박스 만드는 공장도 가보았다. 역시 기술이 있어야 한다고 했다. 숙련된 기술이 필요하다며 기술을 익힐 때까지 숙식은 제공할 수 있다고 했다. 중국집에 들어가 사정해 보았지만, 지금은 사람이 필요 없다고 했다.

그들은 아파트를 짓는 공사장에 가서 마침내 일자리를 얻게 되었다. 폐자재를 나르고 주변 정리를 했다. 어느 땐 벽돌을 등에 지고 이층 삼층까지 나르는 일이었다. 일은 오후 여섯 시면 거의 끝났다. 그러나 생각했던 것과는 달리 학교는 보이지 않았다. 야간 고등학교는 찾기부터 쉽지 않았다. 공사장 사람들에게 물어보아도 모두 모른다는 대답뿐이었다. 어느 학교에서 목수로 일하셨던 분도 밤에 문을 여는 학교가 많이 없어진 것 같다고 말했다.

다시 봄이 오고 있었다. 아파트 공사도 끝나갈 무렵이었다. 그들은 주간 고등학교에 가기로 정했다. 일자리도 대형마트로 옮겼다. 저녁부터 밤늦게까지 들어오는 물품을 정리하는 일이었다.

홍석은 다른 아이들처럼 낮에 학교에 다닐 수 있게 될 거라고 기뻐했다. 모아놓은 돈도 충분히 있었다. 그러나 홍석에게는 또 다른 문제가 생겼다. 학교에 다녔던 증명을 우편으로 요구했으나 연락이 없었다.

"이렇게 하자. 우선 내가 먼저 학교에 들어가는 거야. 그리고 내가 학교에서 가져온 책과 노트를 보고 너는 참고서를 사서 공부하는 거야. 너라면 할 수 있지. 그렇게 하여 검정고시를 보는 거야"

그놈은 홍석보다 꾀가 많았다. 홍석은 죽자고 한 곳만 파는 성격이지만 그놈은 이것저것 얕게 생각하는 놈이었다. 어쨌든 그놈의 생각이 옳았다. 홍석은 그렇게 해서라도 대학에 갈 생각이었다.

그놈은 그렇게 해서 학교에 갔다. 고등학생이 되었다. 홍석은 그놈이 가져오는 책과 노트로 공부했다. 홍석은 공부할 시간이 적었다. 신문에 있는 검정고시 학원이라도 다니고 싶었지만 돈을 아껴야 했다. 그 대신에 참고서를 사서 공부하는 것으로 충분할 것 같았다.

그놈은 2학기가 되면서부터 마트 일을 그만두었다. 학교에서 보충수업도 받아야 하고 특별활동도 참여해야 한다는 것이었다. 돈이 모자라면 그놈은 홍석에게서 꾸어가기 시작했다. 학원도 못 가고 아껴 모아놓은 돈이었다. 그놈이 가져온 노트를 보면 이상했다. 공부를 제대로 하지 않은 것 같았다. 그러면서 보충수업을 받는다고 밤늦게야 돌아왔다.

그러던 어느 날이었다. 그놈의 학교 친구라고 했다. 하숙을 옮겨야 하는데, 아직 집에서 돈을 부쳐주지 않아 돈이 올 때까지 잠시 있자고 했다. 거리낌 없이 방으로 들어오는 모습이 불량기 있는 녀석 같았다. 교복이며 모자로도 알 수 있었다. 하지만 그놈은 '친구 좋은 것이 무엇이냐. 어려울 때 서로 돕는 것이 친구지' 하며 마음 넓은 척했다. 홍석은 그놈의 친구가 마음에 들지 않았지만, 잠시라는 말에 허락했다. 그 만큼 마음이 모질지 못한 홍석이었다. 그런 낌새라도 알아챈 것인지 잠시라던 그놈의 친구는 일주일이 지나도 열흘이 지나도 나갈 생각을 하지 않았다. 어느 날엔 학교에도 가지 않았다.

홍석은 공부를 할 수가 없었다. 그놈들은 한 놈 두 놈 다른 학생들까지 끌어들이더니, 여학생까지 데리고 왔다. 이들의 방은 그렇게 불량 학생들의 아지트가 되고 말았다. 하물며 그들은 거리로 나돌며 어린 학생들이나 나이 많은 어른들에게 돈을 뜯고, 그 돈으로 술을 마시고 화투를 치고 놀다, 아예 혼숙까지 했다. 그중에 이름이 이선미라는 여학생은 자고 있는 홍석 옆으로 다가와 사타구니를 더듬었다. 홍석은 깜짝 놀라 깨어나 밖으로 나와 오줌을 누려했지만 빳빳하게 서 있는 곳에서 오줌은 나오지 않았다.

그놈은 홍석을 보고 함께 어울리자고 했다. 한 방의 조직에 속했으니 당연히 행동 통일을 해야 한다고 했다. 그렇지 않으면 다른 아이들에게 의심을 받아 좋지 않은 일이 생길 거라고 했다.

홍석은 정신을 차렸다. 이대로 무너질 수 없다는 생각이 머릿속에서 꿈틀댔다. 홍석은 그놈에게 말했다.

"주인집에서 보증금을 빼어 달아나자."

그놈이 말했다.

"쟤네들이 알면 가만히 있지 않을 텐데."

그놈은 이대로의 생활이 좋다는 건지 두렵다는 건지, 알 수 없는 태도였다.

"저놈들 몰래 도망가면 되잖아."

"그래도 쟤네들이 눈치채고 알게 되면 ……."

그놈은 우물쭈물했다. 변해도 아주 많이 변했다. 시골에서 서울로 도망가자던 놈이 원래 저놈이었는데, 서울 와서 변해도 많이 변했다. 홍석은 그놈을 놔두고 혼자라도 빠져나갈 궁리를 했다.

"야, 존나 새끼야. 우리의 우정이 그렇게 시시한 줄 알았어!"
놈들의 눈치는 빨랐다.

건축 자재가 잔뜩 쌓여있는 공터로 홍석을 불러냈다. 놈들은 홍석을 가운데 두고 둘러섰다. 놈들 중에서 대장 격인 박철민이 말했다. 단골 식당에서 저녁과 함께 술을 마신 후 어둠이 깔리는 공터로 몰려왔다.

"친구를 쉽게 배반하면 안 되지."
하숙비가 오면 나가겠다는 안명구가 말했다.

"내가 말했잖아, 홍석 이놈은 언젠가 우리를 배반 할 놈이라고."

뺀질이라고 불리는 안상원이 한발 다가서며 말했다.

"홍석, 너는 재수 없는 놈이야, 알았어!"
홍석의 사타구니에 손을 넣었던 여학생도 지껄여댔다. 홍석은 그놈을 찾았다. 그놈은 뒤쪽에서 고개를 숙인 채, 발로 땅을 툭툭 차고 있었다.

"야, 이 새끼 우리 맛을 알아야 까불지 못하지. 야, 조저!"
박철민의 말이 떨어지자 놈들이 우르르 몰려들어 홍석을 때리기 시작했다. 주먹이 얼굴에 날아들고 발길이 앞가슴까지 박혔다. 그중에서 박철민의 주먹은 매서웠다. 홍석의 얼굴이 휙 돌아가며, 중심을 잡지 못하고 쓰러졌다. 놈들의 발길질이 쏟아지고 홍석을 유혹하던 여학생도 발길질을 했다.
"야, 이 깡패 새끼들 다 죽일 거야"
홍석은 소리를 질러댔다. 비틀거리며 바로 옆에 있는 공사장의 파이프를 찾아 들고 일어나 휘둘렀다. 퍽 하는 소리와 함께 한 놈이 쓰러졌다. 몸통을 되게 맞은 것 같았다. 그러자, 놈들이 달아나기 시작했다. 한 놈은 골목으로, 두 놈은 짓다 만 건물 뒤쪽으로, 다른 놈과 여학생은 언덕 쪽으로 달아났다.
쓰러진 놈은 박철민인지 어떤 놈인지 몰랐다. 바닥에서 몸을 움켜쥐고 버둥거리는 것을 보니, 홍석은 무서웠다. 그는 들고 있던 파이프를 던져버렸다. 비틀거리며 공터 옆에 있는 수도에 가서 물을 들이켰다. 정신을 차렸다.

고향으로 돌아온 홍석은 공부도 싫고 의욕도 사라졌다. 모든 것이 귀찮고 의미가 없어 보였다. 유일한 재미는 그저 무엇이든 만드는 일에 재미를 붙이는 것뿐이었다. 집안에서는 몇 대에 걸쳐 나올까 말까 하는 천재가 공부를 포기한다고 걱정을 많이 했지만, 그의 고집을 누구도 꺾을 수가 없었다. 그렇게 몇 달을 허송세월로 보냈다. 부모님도 세상을 떠났다.
게다가 시름시름 앓기까지 하는 그를 보고 하루는 친척 아저씨가 손재주가 있으니, 목공예 일을 해보지 않겠냐고 제안을 해왔다. 모든 것이 싫다던 그는 선뜻 그 제안을 받아들였다.
홍석은 서울 뚝섬에 있는 목공예 공장에 취직을 했다. 목공예 공장에 취업한 그는 타고난 재주를 발휘했다. 몇 달이 지나자, 주위에서 칭송이 자자했다. 더러는 유형문화재로 지정해야 할 정도라며 칭찬을 아끼지 않았다.

그날도 판매할 제품을 손질하고 있는데, 가끔 얼굴을 본 적이 있는 정화위원이라는 사람이 작업장에 찾아왔다.

"이봐, 손재주가 소문났던데 내 물건 하나 만들어 줘. 잘 만들어야 해, 높은 사람에게 선물 할 거니까."

배가 불쑥하게 튀어나온 정화위원은 대뜸 반말로 말했다. 홍석은 비위에 거슬렸지만 그래도 자기를 인정해주어 꾹 눌러 참았다.

"뭘 만들어 드릴까요?"

"음, 독수리를 만들어 줘. 세계로 웅비하는 독수리. 잘 보여야 이번에 한 자리 잡을 수 있어. 당신 소문 듣고 온 거야. 잘 만들어봐. 돈은 얼마든지 줄 테니."

"예, 아주 멋지게 만들어 드리겠습니다."

홍석은 모처럼 자기 작품을 만들 수 있다는 것에 신이 났다. 며칠간 독수리 설계에 전념했다. 사장도 귀한 손님이니 최대한 정성을 다해 만들어 보라며, 그 작품을 만드는 동안에는 다른 일은 신경 쓰지 말라며 힘을 실어주었다. 홍석은 흔히 보는 일반적인 독수리가 아니라 최고의 걸작품을 만들기 위해, 외국 디자인 서적도 찾아보았다. 유명 화가의 그림도 보았다. 착상에 착상을 거듭했다.

그렇게 10여 일에 걸쳐 웅비하는 독수리 작품이 완성되었다. 연락을 받고 정화의원은 홍석의 작업실로 단숨에 달려왔다.

"여기 있습니다. 제 혼이 들어간 작품입니다."

홍석은 자신 있게 독수리를 전시대 위에 올려놓았다.

"아니, 이게 뭐야, 날개가 왜 이래. 날개가 이상하잖아."

정화위원은 못마땅한 얼굴로 홍석을 노려보았다.

"날개에 각을 세운 것은 곧바로 세계를 향해 웅비하는 독수리 상을 나타낸 것입니다."

홍석은 날개 죽지를 넓고 길게 그리고 각을 세웠다.

"웅비는 무슨 웅비야, 날개가 왜 이래? 기형 독수리 같아."

"예술작품은 사실 그대로를 보여주는 것이 아닙니다. 그 내면에 들어있는 이미지를 극대화하는 것입니다. 사람으로 말하면 캐리커쳐를 그리듯이 말입니다."

"아니 이 사람 왜 말이 많아. 내 마음에 들어야지, 형편없구면."

정화위원은 씩씩거리며 홍석을 노려보았다.

"부분을 보고 전체를 말하시면 안 됩니다."

홍석은 답답했다. 예술 감각이 없는 사람에게 더 이상 어떻게 설명해야할 지 몰랐다.

"거참 말이 많네. 손님의 마음에 들어야지. 세상에 이런 독수리가 어디 있어. 날개만 있어가지고. 뭘 제대로 만들 줄 모르는구먼. 하긴 미술 전공도 하지 않은 주제에."

정화위원은 작업장 전시대에 침을 튀기며 말했다.

"지금 뭐라고 말씀하셨습니까? 주제에?"

홍석은 피가 거꾸로 솟아올랐다.

"이것 봐. 소비자는 왕이야. 내 맘에 들지 않으면 그만이지. 제대로 만들지도 못하고 변명은 무슨 변명이야."

"변명이 아니요. 이 작품 속에는 제 혼신을 쏟아 부었습니다."

홍석은 그래도 정화위원을 설득하고 싶었다.
"안 돼. 다시 만들어."
정화위원이 명령조로 말했다.
"알았습니다, 제 혼이 들어간 작품이지만 부숴버리겠습니다."
홍석은 망설이지 않고 독수리를 높이 들어 땅바닥에 내리쳤다. 독수리는 날개가 조각나며 부서졌다. 그는 자기 몸통의 뼈가 부러지며 피가 솟구쳐 공중으로 솟아오르는 것 같았다. 눈물도 나왔다.
갑작스러운 홍석의 행동에 정화위원은 놀라 소리쳤다.
"사장, 여기 사장 어디 있어? 이런 놈, 이런 놈이 어디 있어! 대학도 못나오고 배운 것도 없어 예술도 모르는 주제에 작품을 만든다고? 작품은 아무나 하나"
정화위원이 소리를 지르자 사장이 달려왔다.
"예, 예, 마음에 안 드시면 다시 만들어 드리겠습니다."
사장이 굽신거리는 것과 반대로 홍석은 화가나 견딜 수가 없었다.
"그래요. 이젠 이런 분한테는 죽어도 못 만들어요."
홍석은 작업장 문이 부서지는 소리가 나도록 닫고 밖으로 나왔다. 뒤에서 홍석을 부르는 사장의 목소리와 발악하는 정화위원의 목소리가 뒤섞여 들려왔다.
거리에는 바람을 타고 빗방울이 날리기 시작했다. 홍석은 주머니에 손을 푹 질러 넣고 하염없이 걸었다.
'못 배운 놈' '대학도 못 나온 놈' '예술도 모르는 놈' '주제에 무슨 예술 작품을 한다고' 홍석은 몸을 부르르 떨었다. 귓속을 앵앵거리며 울려오는 그 소리에, 몸을 가눌 수가 없었다. 그래 배워야 한다. 돈을 벌어야 한다. 출세해야 한다. 홍석은 머리칼을 쥐어 뜯었다.

홍석은 비에 젖은 공원 벤치에 털썩 주저앉았다. 푸른 잎들이 비에 젖어 더 이상 날지 못하고 불어오는 바람에 파닥거렸다.

홍석은 목공예 일을 접어야겠다고 마음먹었다. 누구 못지않게 살려면 대학도 나오고, 돈도 누구 못지않게 벌어야겠다고 마음먹었다. 그래야 누구 못지않게 출세할 수 있다고 다짐했다. 그는 과감하게 목공예 일을 그만두었다. 사장이 간곡하게 붙잡았지만, 홍석은 그곳을 나왔다.

그는 다음 날부터 서점에 가서 대학입시에 관한 책을 모조리 샀다. 학원에 등록하지 않고도 독학으로 당당히 합격하고 싶었다. 그의 일과는 독서실에 들어박혀 오직 공부에만 전념하였다.

1년 반의 졸리고 지루하고 피로한 시간을 이겨내고 그는 서울의 명문 대학 경영학과에 합격하였다. 부모님 대신, 동네 사람들이 과연 천재라고 입을 모았다. 명문 대학에 합격했다고 마을 입구에, 현수막도 걸었다.

뒤늦게 대학에 들어간 그는 학업에만 전념하여 마침내 우수한 성적으로 대학을 졸업하였다. 그리고는 대기업 입사 시험에 당당히 합격하였다.

그가 대기업에 입사한 이유는 경영관리 업무를 확실하게 배워 나중에 창업을 위한 포석이었다. 회사 상사들은 그의 성실성과 기획 능력을 보고 회사에 꼭 필요한 인재라고 입을 모았다. 그는 승승장구하기 시작했다. 두 번씩이나 특진을 하고, 다른 사람들이 따라오지 못할 만큼 앞서 나갔다. 회사 임원의 아름답고 예쁜 딸과 결혼도 했다.

드디어 그는 입사 5년 만에 부장 자리에 올랐다. 그 과정에는 사내의 시기와 견제도 많았지만, 그는 오직 주어진 일에만 전념했다. 부장의 자리에 오른 그는 잠깐 고민을 하게 되었다. 최고경영자 자리까지 올라갈 것인가, 아니면 지금 자리를 박차고 나가, 사업을 할 것인가? 며칠을 두고 고민하였다. 어떻게 생각하면 사장 자리까지 오를 때까지 열심히 하고 난 후 창업을 해도 늦지 않다는 생각이 들기도 했다.

홍석은 때때로 정화위원 얼굴이 떠올랐다. 나쁜 녀석, 빌어먹을 놈, 사람을 그렇게 무시하는 놈이 정화위원이라는 자리에 앉아 거들먹거리는 이 사회를 바르게 잡기 위해서는 빨리 돈을 벌어 정치에 입문하는 것이다. 그래서 힘없는 서민이나 배우지 못한 사람들이 무시 받지 않는 세상을 만드는 것이다. 그런 세상을 만드는 것이 자기의 사명이라고 여겨졌다.

홍석은 서슴없이 사표를 던졌다. 주변의 동료와 상사들이 만류했다. 아까운 인재가 나간다고 말렸다. 하지만 그가 창업을 한다고 하니까, 갈 길을 막을 수는 없다며 성공하기를 빌었다. 부디 성공하여 재계에 우뚝 선 별이 되라고 박수를 쳐주었다.

홍석은 옛 직장 동료들의 축하를 받으며 회사를 창립하였다. 지난날 목공에 회사를 다녔던 경험을 살려 가구회사를 차렸다. 가구는 평생 생활 주거생활에서 뗄 수 없는 필수품이기도 하지만, 경제적으로 넉넉해진 현대에서는 품위와 품격을 갖춘 장식

물이어서 보고 느끼는 향유물이 될 수 있다는 판단에서였다.

회사를 창업하자마자 그는 대표라는 직함을 버리고 직접 현장에서 일했다. 소재에서 디자인에 이르기까지 연구팀과 함께 머리를 맞대었다.

계층별 소비자 성향을 파악하여 일종의 맞춤형 가구를 기획하여 출시하였다. 그의 예상은 적중하였다. 모집한 대리점에서 그의 가구는 날개 돋친 듯 팔려나갔다. 창업 5년 만에 100억 매출을 달성하였다. 그다음 목표는 매출 1000억 당기 순이익이 50억이었다. 그것도 몇 년 만에 거뜬히 달성하였다. 언론에서는 신화를 창조했다고 떠들며, 화제의 인물로 대서특필 되었다. 그는 회사의 복리후생은 물론이고 같은 업계의 최고 임금을 주는 회사로 자리매김하였다.

어느 정도 목표를 달성한 홍석은 드디어 정계에 입문하였다. 개혁을 기치로 내걸고 있는 정당에서 꿈을 펼쳐 보고 싶었다. 그의 추진력과 제반 여건을 두루 갖춘 홍석을 당에서는 그냥 내버려 두지 않았다. 지위가 있는 당직자들이 찾아오고, 금배지를 단 인물들이 찾아 들었다. 함께 식사라도 하면 두둑한 봉투도 전달했다. 단숨에 모 지구당 당협위원장이 되었다.

그는 당협위원장 취임을 앞두고 오랜만에 고향 땅을 밟았다. 그동안 모든 것이 순조롭게 잘 되어 고향을 다녀오고 싶었다. 먼지가 뽀얗게 일어나던 새마을 도로는 깔끔하게 포장되어 있었다. 이 도로도 돌아가신 아버지가 농지 편입을 반대하던 동네 사람들을 설득하여 좁은 길을 확장하여 자동차가 다닐 수 있게 만든 길이다. 그땐 비록 어린 나이였지만, 술 취한 동네 어른들이 내 땅 내놓으라며 고래고래 지르는 소리가 귓전에 아련히 남아 있었다.

고향 집에 가는 도중 부모님의 산소로 향했다. 비록 하늘나라에 계시지만 뒤에서 지켜주신다는 것을 믿고 있었다. 묵묵히 지켜주시는 울타리였다.

홍석은 아버지가 좋아하시던 막걸리와 마른 북어를 놓고 큰절을 올렸다. 고생만 하시던 부모님을 생각하니 눈물이 쏟아졌다. 이제 출세하여 아버지가 그렇게 원하시던 모습을 보여주겠다고 다짐했다. 금배지를 달고 와, 부모님께 보여드리겠다고 거듭거듭 다짐했다.

산소를 다녀온 홍석은 마음이 가벼워졌다. 더욱 자신감이 솟구쳤다. 콧노래를 부르며 친척이 맡아 관리하는 옛집으로 성큼 들어섰다. 마당에는 온갖 잡풀들이 무성하게 자라있었다. 장독 옆에 심어놓은 백일홍은 그의 키를 훌쩍 넘어 그늘을 드리울 만큼 커 있었다. 앞산에서 몰래 캐와, 담 밑에 심어놓은 작은 소나무는 가지가 휘어질 정도로 솔방울이 매달려있었다. 소를 키우던 외양간 앞에는 아버지가 만드신 쟁기의 보습이 녹이 슨 채 걸려있었고, 낡은 농기구들은 그를 기다리는 듯 맞이하였다.

홍석은 사랑채 뒤쪽으로 향했다. 거기에는 어머니가 잔치할 때 쓰던 큰 가마솥이 그대로 걸려있었다. 가마솥 뚜껑을 열었다. 물이 흥건히 담겨 있었다. 어머니가 장작불을 지피던 모습이 눈앞에 어른거렸다. 다시 뒷간이 있는 쪽으로 향했다. 뒷간 앞에는 다람쥐가 까먹었는지, 도토리 껍질이 군데군데 널려져 있었다. 그가 어린 시절, 다람쥐는 물론이고 족제비들이 밤이면 몰래 나타나 닭장의 닭들을 잡아먹고 도망가 버리면, 아버지가 혀를 차시며, 화를 내시던 모습이 그림자처럼 떠올랐다.

그는 다시 가마솥 곁에 있는 화덕에 엉덩이를 걸치고 앉았다. 함께 고구마를 구워 먹던 동생이 생각났다. 살아있으면 얼마나 좋을까. 동생은 초등학교 4학년이 얼마 되지 않아 세상을 떠났다. 태어날 때부터 시름시름 앓아 부모님 속을 태우다가 세상을 떠났다. 심장에 생긴 무슨 병이라는데 치료 한번 제대로 못 받고 세상을 떠났다. 병원도 자주 못 가고 영양가 있는 음식은커녕 끼니도 제대로 잇지 못할 때였다. 꽃처럼 피어나지도 못하고 하늘나라 새가 되어 부모님 가슴에 평생 못을 박았다.

갑자기 바람이 불어왔다. 이웃집 감나무가 담장을 넘어와 가지 끝에 달려있던 푸른 감 하나가 툭 소리를 내며 떨어졌다. 푸른 감이 왜 떨어질까. 홍석은 일어서는 순간 머리가 빙그르르 돌았다. 한참에서야 정신을 차렸다.

그는 콧등을 어루만졌다. 가슴 밑에서 울컥하고 치밀어 오는 것이 있었다. 서러웠다. 까닭 모를 설움이 그의 어깨를 들썩이게 했다. 그는 흐르는 눈물을 맨손으로 훔쳤다.

홍석이 당협위원장 취임식을 하는 날이었다. 중절모를 쓴 초로의 신사가 찾아왔다. 어디서 본 듯한 얼굴이었다.

"누구시죠, 어디서 뵌 분 같은 데."

홍석은 고개를 갸우뚱하며 말끝을 흐렸다.

"예, 저 기억하지 못하시는군요. 옛날 목공예 공장에서 ……."
"아, 네."
속으로 깜짝 놀랐다. 정화위원이었다.
"그런데 어떤 일로."
홍석은 당황했지만 애써 태연한 척 물었다.
"예 저, 빈자리 하나 있으면 …… 발전 기금은 얼마든지 드리겠습니다. 늦게 찾아뵈어 죄송합니다."
"아, 예. 당에서 원하는 자격 요건이 충분하시다면. 추천해드리겠습니다."
홍석은 그를 내치지 않았다. 너그럽게 받아들이는 것이 옳다고 생각했다. 정치에는 모든 것이 필요하다고 생각했다. 과거의 적도, 오만불손했더라도 감싸는 정신이 필요하다고 생각했다. 유치한 분풀이는 하지 않겠다고 마음먹었다.
"다음에 조용히 찾아뵙겠습니다."
홍석이 머뭇거리자, 그는 허리를 90도로 굽혀 인사를 하고 황망히 사라졌다.
홍석은 국회의원 경선을 치르기 위해 우선 예비 등록을 하였다. 주위에서는 홍석을 두고 성공한 기업인, 입지적인 인물이라고 칭송이 자자하였다. 특별한 변수가 없는 한 공천은 물론 당선도 확실하다고 입을 모았다. 예비 후보에 등록한 홍석은 재래시장, 경로당, 장애인 모임 등에 발 빠르게 누비고 다녔다.
그런데 며칠 전부터 호흡이 가쁘면서 마른기침이 계속되었다. 말을 하는 도중에 숨을 쉴 수 없을 정도로 가슴이 답답했다. 폭발적인 기침이 계속되기도 했다. 주변의 놀란 당직자들이 어서

병원에 가보라며 선거운동은 자기들이 맡아 계속하겠다고 했다. 홍석은 기관지염인가, 아니면 해소 천식인가 얕은 의학 상식으로 가늠해 보았다. 그렇지 않다면 말을 많이 하고 피곤해서 이상이 온 것 아닐까, 홍석은 불안하기도 했지만, 애써 별것 아니겠지 하면서 병원으로 향했다.

진찰을 하면서, 엑스레이는 물론이고 피를 뽑고, 처음 해보는 여러 종류의 검사를 했다.

"큰일입니다."

의사가 무겁게 입을 열었다.

"무슨 병이죠? 어디가 나쁜가요? 폐인가요?"

"아닙니다."

"그럼 기관지가?"

의사는 쉽게 입을 열지 않았다.

"심각합니다. 폐에 물이 차 있습니다."

"역시 폐가 문제이군요."

홍석의 말에 의사는 말없이 심각한 표정으로 고개를 가로저었다.

"그럼 뭐지요?"

"심장입니다. 심장이 나빠지면 폐는 물론이고, 배에까지 물이 찹니다."

홍석은 아찔했다. 심장이라니, 홍석은 집안에 심장이 나쁜 가족이 있었다는 말을 들은 적이 없었다.

"집안에 심장 나쁜 사람은 없는데. 원인이 뭘까요?"

홍석은 떨리는 가슴을 짓누르며 원인을 물었다.

"드문 심장병입니다. 원인은 알 수 없고 심장 근육이 늘어난 일종의 심부전증입니다."

이어서 의사는 모든 일에서 손을 떼고 쉬어야 한다고 했다. 심한 운동이나 스트레스받는 일은 절대 금해야 한다며 아주 상태가 좋지 않다고 했다.

"선생님 제가 선거운동 막바지에 있는데 며칠 후에 입원하면 안 됩니까? 우선 응급조치라도 하면서."

홍석은 애원하듯 매달렸다.

"매달린다고 해서 해결될 문제가 아닙니다. 치료 방법도 없습니다. 심장 근육이 느슨해지면 어떻게 되겠습니까? 그것은 마치 팽팽하게 늘어졌던 고무줄이 제자리에 오지 않고 느슨하게 있는 것과 마찬가지예요. 심장 근육이 펌프질을 못하게 됩니다. 그러면 피가 돌지 못하고 혈관에 피떡이 생기고 피떡이 혈관을 막아 뇌졸중이나 뇌출혈을 일으켜, 위협적입니다."

의사는 말을 마치기가 무섭게 휭하니 병실 문을 열고 나가 버렸다.

홍석은 하늘이 노랗게 보였다. 노란 꽃이 만발하였다. 국화꽃, 개나리꽃 유채꽃, 홍석이 그토록 좋아하던 온갖 꽃들이 만발하여 그를 에워쌌다. 홍석은 꽃에 파묻혀 숨을 쉴 수가 없었다.

긴 터널 속에서 종소라기 뎅그렁거리며 점점 가까이 오고 있었다.

오래된 사람들

　서울역은 혼잡했다. 돌아오는 사람들이 쏟아져 들어오고, 떠나는 사람들이 떼 지어 가는 것으로 보아, 주말의 끝인 것을 알 수 있었다.
　촉박하게 도착한 사내도 떠나는 열차의 타는 곳을 확인하며 층계를 내리달렸다. 안내원이 보면 호루라기를 불며 쫓아올 상황이었다. 내일부터 시작되는 연수에 참석하기 위해서다.
　사내가 안도의 숨을 쉬며 열차에 올라 두리번거리며 정해진 좌석을 찾았다. 좌석에는 사람들이 거의 다 차 있었다.
　"여기가 제 자리인가."
　사내가 안도의 숨을 몰아쉬며 중얼거리듯 말했다. 가방을 선반에 올려놓고 자리에 앉았다. 창가 좌석에는 잿빛 색깔의 바바리코트에 감색 머풀러를 두른 여자가 앉아있었다. 사내는 피곤함으로 잠시 눈을 감았다. 얼마를 지났을까? 삼십여 분쯤 달려온 열차가 첫 번째 역에서 정차하였을 때 감았던 눈을 떴다. 옆 좌석의 여자가 기다렸다는 듯이 말을 꺼냈다.
　"어디까지 가세요?"
　"대전까지 갑니다."
　"아, 그러세요. 저도 대전까지 가는데. 대전에 사세요?"

사내가 고개를 흔들자 여자는 다시 물었다.
"실례지만 무슨 일로?"
"연수차 갑니다."
"아, 그러세요. 저도 직무연수 가는데, K 연수원으로."
"K 연수원요? 저도 그곳으로 가는데."

사내와 여자는 연수에 대하여 이야기를 나누었다. 그녀는 몸짓은 다소곳했지만 말하는 것만은 자기 표현이 분명해 보였다.

역에서 내린 둘은 연수원까지 택시를 탔다. 도심을 삼십여 분쯤 달리자, 한가로운 길이 나타났다. 길가의 코스모스가 가을바람에 흔들리고 있었다. 누가 저 코스모스를 심었을까. 만일 코스모스가 피어주지 아니한다면, 가을은 얼마나 허전하고 쓸쓸할까. 여자가 달리는 택시의 창밖의 코스모스를 바라보고 있을 때,
"두 분이 부부신가 봐요?"

택시 기사가 어떤 낌새를 차렸는지 조심스럽게 물었다. 사내와 여자가 웃자, 택시 기사는 미안하다는 듯이 백미러로 그들의 표정을 흘낏 보았다.

그녀와 사내는 연수원 입구의 안내표지에 따라 헤어졌다. 같은 울타리인데 연수의 장소가 달랐다.
"또 만나요."

그녀는 한마디 말을 남기고 표시된 곳으로 갔다.

접수처에서 약간의 서류를 확인하고 배정받은 방에 들어서자마자, 사내는 벽 쪽으로 가방을 던져놓고 침대에 털썩 누웠다. 벽에는 해바라기 그림 한 점이 걸려있었다.

갑자기 선희 생각이 났다. 해바라기 그림을 보며, 해바라기 전

설을 눈물을 글썽이며 이야기하던 그녀의 생각이 났다.
 물의 요정 클리티애가 태양신 아폴로를 온종일 그리워하며 짝사랑을 했다. 클리티애는 해가 뜨면 올려다보기 시작하여 해가 질 때까지 오직 해만 바라보며 기다림으로 살았다. 자신의 눈물과 이슬로 배를 채우며 아흐레 동안을 지내다가 마침내 한 송이 해바라기꽃이 되고 말았다는 것이다. 그때 이야기하는 선희가 무척 사랑스러워 보였다.
 선희를 처음 만난 것은 복학하여 신입생 환영회에서였다. 그녀는 커다란 눈에 짧은 머리로 새내기처럼 싱그러워 보였다. 그녀는 수줍은 표정으로 지나쳤고, 가끔은 눈인사도 했다. 그녀가 보이지 않으면 궁금하기까지 했다. 그녀가 노란색 셔츠를 입고 나타났을 땐 나비가 날아가는 것처럼 보이기도 했다. 때로는 설레는 마음으로 그녀를 보며 자신을 가라앉혔다.
 그녀는 취업을 위하여 전념했다. 마침 교수님의 배려로 그와 함께 연구실을 이용하게 되었다. 주말에는 함께 밤을 새우기도 했다. 자정이 지날 때 졸음이 몰려 와 하품을 하고, 기지개를 켜다가 인형 같은 여자가 있어 놀라기도 했다. 잠시 밖에 나갈 때 흘깃 그녀를 훔쳐보며 지나갔다. 다시 돌아올 때도 그녀는 흐트러짐 없이 똑같은 자세로 책을 보며 뭔가를 열심히 노트하고 있었다. 어느 날엔 도시락을 싸왔다. 솜씨 좋은 그녀의 어머니가 여러 가지를 살뜰하게 만들어 보냈다. 처음 먹어보는 요리들도 있었다.
 친구들은 둘이 있으면서 연애는 안 했느냐고 놀렸다. 할 시간이 없었다고 말하면 모두가 못 믿겠다고 큰소리로 웃어댔다. 많은 사람들의 추측에도 둘은 갈 길만 달렸다.

그녀는 국영기업체 시험에 합격하여 곧장 일터로 나갔으나, 그는 두 번이나 고시에 낙방이었다.

시험이 끝나자 새벽까지 불이 켜졌던 방은 이제 캄캄했다. 블랙홀에 빠진 것처럼 어둠과 정적이 모두를 삼켜버린 것 같았다.

선희에게 몇 차례 전화를 했다. 그녀는 받지 않았다. 쓸쓸한 마음이 끊이지 않았다. 가로등 사이로 미치듯 달리는 차들의 모습에서 오히려 위로를 받았다. 친구들은 과감하게 사랑을 고백하는 행동을 했어야 했고, 어떤 친구는 두 번이나 낙방한 고시 때문에 부모님들이 선희의 마음을 돌렸을 것이라 했다.

"여기 앉아도 될까요?"

연수원 첫날이었다. 첫 교시 "집단과 사회"라는 주제의 특강이 끝나고 휴게실에 앉아 창밖을 바라보고 있을 때, 느닷없이 그녀가 나타났다. 사내에게 말을 걸어왔다. 어제와는 다르게 검정색 반코트에 노란 머풀러를 두르고 있었다. 조용하고 차분한 인상의 여자가 어디서 그런 용기가 나오는지 사내는 잠시 주춤거렸다.

사내는 그녀가 처음 말을 걸어왔을 때, 그저 어디서 본 사람이겠거니 생각했다. 그러나 아무리 봐도 남자에게 먼저 말을 건넬 만큼 자존심이나 체면이 없는 여자 같아 보이지 않는다는 사실 때문이었다. 사내는 골똘히 생각해보았다. 어디서 보았는지 도무지 기억이 나지 않았다.

"첫 시간 재미있었어요?"

"재미는 뭐. 교육이 재미 있나요."
"저랑 이야기나 할까요?"
여자는 의자를 끌어당기며 가까이 다가왔다.
"그립시다."
사내는 얼떨결에 그러자고 대답했다. 그리고는 어색함을 모면해 보려고 자판기 커피를 뽑아 여자에게 건넸다. 여자는 망설임 없이 커피를 받아들었다. 커피를 받아 든 여지의 눈빛은 '이야기하고 싶어요'라고 말하는 것 같았다.
"이 직장에 근무하신 지는 얼마나 되셨어요?"
"어쩌다 보니 십 년 가까이 되었어요."
"아, 그래요. 저와 비슷하네요."
여자는 사내에게 묻지도 않은 자신의 신상에 관한 것을 쏟아냈다. 갑자기 봇물을 터트리듯 말했다.
"혹, 아내에게 경이를 쓰고 있나요? 서는요, 남편과 동갑내기지만 서로 간에 경어를 쓰고 있어요. 이유는 서로 존중해서가 아니라 거리감을 두고 있기 때문이죠. 지금의 남편은 같은 직장에 근무할 때, 저에게 딱 맞는 좋은 신랑감이 있다고 소개하겠다고, 몇 번씩 속이고 혼자 나와 펑크를 냈어요. 그리고는 부모님과 함께 나타나, 사실은 본인이 마음에 들었노라고 고백하더군요. 저는 그 순진해 보이는 눈빛에 속아 결혼을 했지요. 그런데 막상 결혼을 하고 보니 남편은 지적인 면이 없더라고요. 부친이 연고가 되어 어떤 이의 배경으로 직장에 들어와 자리를 잡고 버티고 있었지요. 학교를 어떻게 졸업했는지 상식적인 면이라고는 전혀 없어요. 남편과 지낼수록 힘들더라고요. 저는 그런 남편의 태도에 도저히 적응할 수 없어요."
 "아니, 처음 볼 때는 교수 부인쯤은 되어 보이는 데 웬일이세요?"
 사내가 의아해하며 반문했다.
 "그것은 제가 사람 보는 판단력이 부족했기 때문이죠. 제 실수이었죠. 그렇게 사랑 없는 결혼생활을 하다 보니 정말로 사랑할 사람이 있을까 하는 아쉬움이 있지요. 하지만 어느 곳을 가던 눈에 띄는 사람은 없었어요."
 이야기를 듣던 사내는 몇 번이나 침을 삼켰다. 목이 말랐다. 여자의 음성은 가냘픈 듯하면서도 포근한 솜이불같이 따뜻한 목소리였다.
 여자는 천천히 커피 컵을 흔들더니 탁자에 내려 놓았다. 커피의 뜨거운 김이 다 빠져나갔음을 느낀 것 같았다.
 "선생님은 결혼하셨겠지요. 결혼생활 행복하세요?"
 "결혼 ……."
 사내는 중얼거리며 긴 한숨을 내뱉었다. '저도요 사실은요'하고 말하려다 꾹 참았다.
 사내에게도 사연은 있었다. 오로지 한 길, 성공만을 꿈꾸며 지내온 청년 시절, 사법 고시의 합격만을 꿈으로 청년 시절을 보내왔다. 여자에게 관심을 둘 시간조차 없었다. 고시에 몇 번 낙방하고 집안에서는 더 이상 도와줄 여력이 없다고 할 때, 중매쟁이가 나타나 여력이 충분하다는 부잣집 집안의 여자를 내세웠다.
 중매쟁이의 말만 믿고 덥석 결혼해 버린 것이 악녀를 만났다.

풍부한 경제력으로 사내의 집안까지 무시하고 사내를 쥐었다 폈다 했다.
　입에 담지 못할 폭언까지 나오고, 걸핏하면 손찌검까지 했다. 사내를 비관하게 만들었다. 가끔 씩 TV에서 매 맞는 남편이 있다는 소식을 들을 때마다 사내는 자신의 처지인 것 같았다. 동정과 분노의 감정이 동시에 일었다.
　한참 동안 서로 아무 말이 없었다. 사내는 눈을 아래로 내리깔았다. 이 여자는 누구인가. 어디서 나타난 여인인가. 천국에서 온 천사인가. 하나님이 보내 준 여자인가. 왜 여기에서 나타났을까. 별의별 생각이 다 떠올랐다. 천상배필이 있을까.
　바로 이 여자는 왜, 지금 나타났을까.
　사내는 떨리는 가슴을 진정시키며 여자를 바라보았다. 약간 덜 익은 감처럼 탱탱한 피부와 오똑 솟아있는 코, 까만 눈썹. 반짝이는 눈동자. 어리어리하게 노톰한 입술. 하얀 잇속. 윤곽이 또렷하지는 않지만 바라볼수록 이지적인 얼굴이며 동양적인 우수가 곁들인 이미지, 사내의 가슴이 타 오르며 심장의 박동이 빨라졌다.
　결혼, 사내는 골백번 생각했던 결혼의 테두리가 싫었다. 결혼으로 만들어진 공동체, 그 공동체 속에서 어쩔 수 없이 살아가는 현실이 싫었다. 아내의 모습이 눈앞에 어른거렸다. 사내는 현기증이 일듯하여 이마에 손을 얹었다. 바지 주머니에서 핸드폰이 떨려왔다. 아내였다. 사내는 놀랬다.
　"행동 똑바로 하고 다녀!"
　"그 ……, 그럼 내가 뭐 ……."

말을 얼버무리며 흘끔흘끔 여자의 눈치를 살피며 전화기를 귀에 밀착시켰다.
"거기 여자들도 있지? 한눈팔지 마!"
전화기 속에서 아내의 앙칼진 목소리가 들려왔다.
"왜 대답이 없어?"
사내가 급히 자리를 옮겼다. 여자에게 손을 들어 화장실 쪽을 가리키며 다녀오겠다는 표정을 지었다. 사내는 화장실 앞에 와서야 겨우 안심을 했다.
"아, 왜 그래, 잘하고 있는데. ……."
사내의 목소리는 점점 기어들어 갔다. 멀리서 아내가 현장을 훔쳐보고 있는 것 같았다. 사내는 서둘러 핸드폰을 집어넣었다. 그리고는 나오지 않는 소변을 내뿜으며 힘없이 웃었다. 이게 뭐람. 모순이다. 사랑하지 않으면서 아내의 눈치를 보아야 하다니. 사내는 결혼이라는 테두리 안에 갇혀 날개짓을 잃고 살아가야 하는 현실이 답답했다. 살아있으면서도 살아있는 것 같지 않은 인생이 있다는데 그 중 하나가 아내의 지배하에 살아가는 인생이라는데. 비굴함이 엄습해오는 것을 느꼈다.
"집에서 온 전환가 봐요."
여자가 어떤 낌새를 차리고 물었다. 사내는 정확하지 않은 발음으로 우물거렸다. 손을 흔들며 아니라고 했다. 그렇다, 사실 사내는 평소에 거짓말을 잘못하는 성격이었다. 거짓말을 하는 것보다 침묵을 지키는 것이 낫다고 믿는 사내였다.
사내가 얼버무리자 여자가 웃었다. 사내는 여자의 해맑은 미소에 기분이 상쾌해졌다.

연수 일정에 하루는 체력 단련으로 자유시간이 주어졌다. 여자에게도 마찬가지였다.
"계룡산이 어디 있어요? 이 부근이라는데."
여자가 구름에 싸인 봉우리를 가리키며 말했다.
"저기, 저 봉우리들이 있는 곳인가 봐요."
"우리 가 볼까요."
여자가 좋아서 어쩔 줄 몰라 발을 동동거렸다.
동학사 입구 극락교에서 온갖 단풍으로 어우러진 계곡을 따라 얼마쯤 올라가니, 은선 폭포가 있었다. 옛날 선녀들이 숨어서 목욕했다는 전설의 폭포였다. 기암절벽 사이로 쏟아지는 물줄기를 맞으며 목욕하는 선녀들의 모습은 어떠 했을까? 오늘도 사람들이 없으면 하늘나라 선녀들이 나타날 것만 같은 아름다운 절경이었다. 물줄기를 바라보며 돌층계를 따라 올라가니 폭포 전체를 바라볼 수 있는 나무로 된 작은 공간이 있었다. 그녀가 선녀가 된 느낌이 들었는지 감탄하며 하늘을 향해 우우— 소리를 질러 댔다. 선녀들을 부르는 소리 같았다.
"우리 함께 소리 한번 크게 질러봐요."
여자는 사내의 속을 훤히 들여다보듯 말했다
"야—호!"
주변에서 폭포를 바라보던 사람들이 놀라 시선이 쏠렸다.
"어쩌면 이렇게 호흡이 척척 맞을까요?"
"더 올라갑시다."
어느새 여자는 사내의 손을 잡고 있었다. 둘은 서로 모르는 척 손을 잡고 돌층계를 오르고 있었다. 여자의 손에 힘이 가해졌다. 사내도 힘을 주어 끌며 돌층계를 오르고 있었다. 숨이 차오르고 있었다. 얼마큼 올라가니 빨간 수건을 질끈 목에 두른 노부부가 저만큼 쉼터의 의자에 앉아있었다. 사내와 여자가 다가가자, 힘든 것을 눈치챈 노부부가 비어 있는 옆 의자를 가리키며 쉬어갈 것을 권했다.

"힘든데 쉬어가요. 참 잘 어울리는 내외지간 같네요."

사내와 여자는 갑자기 듣는 말에 서로의 얼굴을 바라보며 웃었다. 어떻게 말해야 할 지 서로를 바라보았다.

"어디서 왔어요? 결혼한 지 얼마나 됐슈?"

대답이 없자 노인이 다시 물었다. 사내의 얼굴이 붉게 변하며, 여자의 얼굴을 쳐다보았다. 여자의 얼굴도 붉게 물들어 있었다.

"한, 십 년. 애기들도 이쁘겠네. 천상배필이요."

노인이 두어 번 고개를 위아래로 끄덕이며 부러운 듯 바라보았다. 그러더니 등산 가방을 뒤적이어 보온병을 꺼내고 컵을 꺼냈다. 사내와 여자는 서로를 바라보며 얼굴을 붉혔다.

"내가 커피 한 잔 대접할게요."

노인이 보온병을 꺼내자 여자가 컵을 받아 커피를 따랐다.

"먼저 간 딸애 같군."

노부부가 갑자기 씁쓰레한 표정을 지었다.

"어디까지 갈 작정이오? 차림으로 봐서는 잠깐 들렀다 가는 분들 같은데. 괜히 늙은이들이 시간 뺏는 것 같네."

사내와 여자는 무슨 말을 이어갈지 마주 보며 당황했다. 사내는 후루룩 소리를 내며 커피를 마시며 여자에게 알아서 말하라는 시선을 보냈다. 여자가 옷매무시를 고치며 살짝 웃었다. 노부부가 또 다시 다른 질문을 해오면 어떻게 할까 걱정이 되었다. 차라리 부부였다면 사내의 머릿속에 회한이 스쳤다. 내 여자가 아니구나. 착각이었구나. 시간이 지나면 돌아갈 사람과, 이게 꿈속일까. 이선 꿈이 아니야. 아름다운 선녀들이 놀던 단풍 속에서 꾸는 꿈일까. 현실이다 사내는 한숨이 터져 나오는 걸 참자니 눈가가 붉어졌다. 산 저쪽 봉우리를 바라보았다. 눈물이 나왔다. 여자가 깜짝 놀란 얼굴로 사내를 바라보았다. 여자가 다가와 손수건을 건네줄 때, 여자의 눈에도 이슬이 맺혀있었다. 그러던 여자가 고개를 떨구고 무슨 생각에 잠겨있는 듯하더니 어깨가 들썩이기 시작했다. 흐느낌도 없이 여자가 조용히 울고 있었다.

"여보시오, 젊은 댁 왜 그래요?"

여자가 울고 있는 걸 알아차린 노인이 여자의 어깨를 흔들었다. 여태껏 말이 없던 할머니도 여자의 곁으로 다가와 등을 감쌌다.

"허허, 거참. 어울리는 부부에게도 무슨 말 못할 사연이라도 있는 모양이군."

노인이 입맛을 쩝쩝 다시며 안 됐다는 표정을 지었다.

"할아버지, 아무것도 아니에요. 갑자기 집에 두고 온 아이들 생각이 나서요"

여자가 표정을 바꾸며 웃어댔다. 하얀 잇속이 드러났다.

"그럼 그렇지. 난 그것도 모르고 이상하다 생각했지. 아이들과 떨어진 지 며칠이나 됐다고 그래, 거참, 우리 손주 녀석도 참 똘똘하고 귀여웠는데 ……."

노인의 눈가에도 눈물이 맺혀오고 있었다. 노인은 애써 그 모습을 감추려고 허공을 멍하니 바라보았다. 멀리서 단풍진 나무가 흔들리며 잎을 떨구고 있었다.

"할아버지도 손주 생각나세요?"

여자의 사근사근한 목소리가 노인의 마음을 파고들었다.

"암, 하나밖에 없는 손주 녀석인데 얼마 전에 애비가 데려갔지. 손주 녀석을 뺏기고, 그 충격으로 몸이 약했던 딸년이 시름시름 앓더니 먼저 세상을 떠났어. 그 녀석은 지어미를 얼마나 찾을까?"

노인의 얼굴 저편에 어둠이 깔려 있었다. 누군가 쉽게 가까이할 수 없는 안타까움이 있었다. 사내와 여자는 가슴이 아팠다.

"어르신, 저희와는 다르지만, 저도 실은 ……."

사내는 용기를 내어 노인에게 자신의 처지를 털어놓고 싶었다.

"행복하게 잘 살아야 해. 인생은 두 번 다시 오지 않아요. 우리 나이가 돼 봐요. 사는 게 무언지 알게 될 거요. 세상에서 제일 큰 행복은 부부가 백년해로하는 거지요. 세상의 부귀 명예도 좋지만, 그것은 순간일 뿐이오. 지내놓고 보니 ……. 함께 잘 사시구료."

노인은 말을 마치며 자리에서 일어났다.

"이제 가시게요?"

여자가 노인의 팔을 잡았다.

"이렇게 만난 것도 다 인연인데, 부디 행복하게 오래오래 지내구료."

노부부는 여자의 손을 뿌리치고 바람을 가르듯 휘어이휘어이 내려가는 길로 떠났다. 뒷모습이 어디선가 불쑥 나타난 도사 같기도 하고, 산신령 같기도 했다. 노인들이 가는 길에 바람이 맴돌며 구름속으로 사라지는 것만 같았다.

사내와 여자는 서로 아무 말 없이 물끄러미 바라보고 있었다. 무슨 말을 어떻게 해야할 지 망설이는 참에 여자가 말을 꺼냈다.

"주례를 섰던 분이 떠나가신 것 같네요. 정말 꿈만 같네요. 당신을 만나 이곳에 있는 것이 꿈만 같네요."

이게 정말 꿈일까. 아름다운 단풍 속에서 꾸고 있는 꿈일까. 사내가 무슨 말을 어떻게 해야 할지 떠오르지 않았다. 이렇게 좋은 사람이 있는데, 결혼이라는 굴레에서 묶여버리고, 그 굴레를 쉽게 떨쳐버리지 못하는 나약한 자신이 부끄러웠다. 잘못된 만남이라는 걸 알았으면 처음에 풀어버리지 못한 자신이 저주스러웠다. 또한 쉽게 놓아주지 않는 아내의 끈이 이제는 두렵고 혐오스러웠다.

오르는 길은 힘든 돌계단이었다. 땀방울이 송글송글 온몸에 솟아 나오는 돌계단을 오르니 남매탑이 눈앞에 나타났다. 암자를 가운데 두고 양쪽으로 탑이 있었다.

서로 숨을 몰아쉬며 꼭 잡은 손에도 땀으로 젖어있었다. 형형색색 등산복 차림의 사람들이 삼삼오오 앉아 떠들어 대며 쉬고 있었다. 사내와 여자도 비어 있는 넓적한 바위에 걸터 앉았다.

당나라 스님 상원대사가 신라 때 이곳에 와서 움막을 치고 기거하며 수도할 때, 비가 쏟아지고 뇌성벽력이 천지를 진동하는 밤이었다, 한 마리의 호랑이가 나타나 대사 앞에 아가리를 벌렸다. 놀란 대사는 죽음을 각오하고 눈을 감은 채, 더욱 크게 목탁을 두드리며 염불에만 전심하는데, 호랑이는 더 가까이 다가와 신음하는 것이었다. 대사가 눈을 뜨고 보니 호랑이 목 안에 뼈가 목에 걸려있었다. 사람의 뼈였다. 놀란 대사는 죽음을 무릅쓰고 팔을 넣어 뽑아주자 호랑이는 신음을 멈추고 어디론가 사라졌다. 그리고는 여러 날이 지난 후, 흰 눈으로 사방을 분간할 수 없는데, 전날의 호랑이가 한 처녀를 물어다 놓고 사라졌다. 처녀는 기절해있었다. 대사는 정성을 다하여 기절한 처녀를 회생시켜 자기의 집으로 되돌려보내려 하였으나, 한겨울 추위로 돌아갈 수 없었다. 봄이 되어 그 처녀의 집으로 데리고 가서 지난 일을 말하고, 돌아오려 할 때였다. 처녀는 스님의 불심에 깊은 감명을 받아 연민의 정이 가슴에 사무쳐 부부의 예를 갖추어 달라고 부모에게 간청하였다. 스님을 떠나지 못하게 하고 여러 날을 간청했으나 스님은 허락하지 않았다. 그러자 하는 수 없이 의남매의 인연을 맺어 함께 지내기로 하고 산으로 돌아왔다. 그리고는 암자를 따로 마련하여 평생토록 남매의 정으로 지내며 불도에 힘쓰다가 극락세계로 떠났다는 전설.

  오늘도 등산객들의 마음을 아는지, 남매탑은 서로를 바라보며 오랜 세월 속에서도 의연하게 등산객을 맞고 있다.

  "잠깐만요."

  신혼부부인 듯한, 연인인 듯한 젊은 남녀가 사내와 여자를 불렀다. 그들은 다시 사내와 여자를 정면으로 번갈아보면서 다가왔다.

"저희들 사진 한 장 찍어주세요."

사내가 가만히 있자, 여자가 카메라를 받아 셔터를 눌러주었다.

"감사합니다. 한 컷만 더 찍어주세요."

삼십 대 초반의 긴 머리를 한 여자가 카메라를 다시 내밀었다. 그리고는 남자에게 다가가 살포시 기대며 다정한 포즈를 취했다. 사진을 찍자,

"그런데 두 분 정말 잘 어울리시네요. 저희가 한 장 찍어드릴까요?"

사진기를 받아 든 긴 머리 여자가 호들갑을 떨며 사내와 여자 곁에 앉았다.

"그렇게 보여요?"

"네에, 정말 그렇다니까요"

여자는 서로 마주 서 있는 남매탑을 바라보다가 파란 하늘을 바라보았다. 남매탑의 사연에 무엇을 느꼈는지, 여자의 눈에 눈물이 핑그르 돌았다.

"내려갑시다."

사내가 한숨 섞인 얼굴로 여자에게 말할 때, 곁에 앉아있던 젊은이들이 무슨 낌새를 알아차렸는지 슬며시 자리를 떴다.

"왜요?"

여자가 큰 눈으로 의아해했다.

"더 올라갈 수 없어요. 희망이 없어요"

사내가 울부짖듯 내뱉었다.

"저 봉우리들을 봐요. 올라갈 수 있잖아요."

"아닙니다. 올라가 봐야 절망입니다. 우리는 오르면 오를수록 절망만 있을 테니까요."

사내가 무뚝뚝한 표정으로 말하자 여자가 눈을 말똥거리며 의아해했다.

"이제 더 올라갈 수 없어요."

사내가 이번에는 고개를 숙이며 내뱉듯이 말했다.

"저기 저, 봉우리 올라갈 수 있잖아요."

"우리의 이 상태로는 올라갈 수 없습니다. 여기서 돌아가야지요. 욕심을 부리면 더 큰 절망이 옵니다."

"절망이라니요. 기쁨의 정상이 저긴데."

사내는 갑자기 아내가 떠올랐다. 휴대폰이 울릴 것만 같았다. 쏘아 보고 있는 눈빛, 절대로 용서하지 못한다는 그 잔인함, 난폭성. 사내는 고개를 절레절레 흔들었다. 운명이야. 타고난 나의 운명이야. 이 세상 누구도 자기의 운명은 바꿀 수 없다는 데…… 사내는 속울음을 터트렸다. 남들은 그렇게 살려면 갈라지면 되지, 그게 뭘 힘드냐고 하지만, 심약한 사내로서는 도저히 깨뜨릴 수 없는 벽이었다.

하산길에 두 사람은 빨랐다. 거친 바윗돌 계단으로 된 길이었다. 넘어질까 봐, 사람들은 엉금엉금 조심조심 두려움이 반이었다. 사내가 앞서 기어가다시피 내려가고 여자가 숨을 몰아쉬며 조심조심 따라갔다. 깊어가는 단풍은 그 나름의 정취를 뽐내고 있었다.

산에 오르고 내리는 사람들, 저 많은 사람 중에 저 여인과 나는 무얼까. 앞서가던 사내는 걸음을 멈추고 뒤를 살짝 돌아보았다.

"쉬었다 가요."

기다렸다는 듯이 여자가 손짓을 했다. 사내는 주위에 있는 편편한 돌 위에 털썩 주저앉았다. 이마에 땀방울이 맺혔다. 여자가 손수건을 내밀었다.

"화난 섯 같아요."

여자가 상기된 얼굴로 사내를 올려다보며 후유- 하고 가쁜 숨을 몰아쉬었다. 상큼하고 앙증맞은 저 표정, 세상의 모든 것이 씻겨나간 티 없는 얼굴, 사내는 숨을 깊이 들여 마셨다.

연수 과정이 모두 끝났다. 수료식을 마친 여자가 캐리어를 끌고 사내에게 달려왔다. 흩어지는 수료생들 속으로 달려와 사내를 찾아냈다.

"서울까지 같이 가요. 아는 사람 없지요? 아무도 몰래 우리 둘이. 제가 차표를 준비했어요."

여자가 한쪽 눈을 찡긋했다. 사내는 여자의 뒤를 따랐다.

시외버스 터미널은 붐볐다. 누구가 누구를 알아보려는 사람은 없었다. 여자가 앞서 버스에 올라 지정된 좌석의 창가에 자리를 잡았다. 사내가 그 옆에 앉았다.

"이제 우리는 만남의 끝이 될지도 모를 여행을 떠나는 거예요. 남편도 아내도 다 잊는 거예요. 우리 둘만이 날개를 펴고 날아가는 거예요."

여자가 웃음을 띠며 말하자, 사내는 고개를 끄덕였다.

"날씨가 눈이라도 쏟아질 것 같아요."

사내의 머릿속에는 갑자기 아내의 독기 어린 눈이 떠올랐다.

온통 아내 생각뿐이었다. '어떻게 하나, 아내가 이 모습을 알면. 아니야 알 수 없어.'

사내의 얼굴이 창백해졌다. 몸이 움츠러들었다.

"어디 불편해요?"

여자는 남자의 표정을 보고 무엇을 알아냈는지 가까이 사내의 얼굴을 살폈다. 사내는 애써 아무렇지도 않다는 듯이 고개를 좌우로 흔들었다. 그리고 입을 열었다.

"이대로 어디까지든 가고 싶어요."

"왜요?"

"함께하고 싶으니까."

달리는 차창 밖의 날씨가 흐려지며 어두워졌다. 창가에서 윙윙거리는 바람 소리가 더욱 거세졌다. 도로 곁의 나무들이 꺾일 것처럼 바람이 세게 불고 단풍 든 낙엽들이 휘날리고 있었다. 그 거친 바람 속에서도 날아오르고 날아가듯, 도로에서는 차들이 꼬리를 물고 달리고 있었다. 사내와 여자는 바깥 풍경에 취해있었다.

"우리의 만남도 둘만의 첫사랑일까요?"

여자가 불쑥 물었다. 사내는 여자의 물음에 대답 없었다. 차창 밖만 바라볼 뿐이었다. 여자가 사내의 손등을 꼬집어도 말이 없자, 귀를 잡아당겼다.

"진정으로 사랑하는 사람을 만났을 때, 첫사랑이 아닐까요?"

여자의 거듭된 물음에도 사내는 말이 없었다. 무슨 말을 해야 한다기보다는 가슴이 답답해지고 울먹거려졌다.

"이렇게 짧은 시간에 어떤 사람을 좋아해 보기는 처음이에요."

사내에게서 아무 반응이 없어도 여자는 계속 말했다.
"이제 눈이 오면 첫눈과 첫사랑 …… 첫눈은 해마다 처음 오는 눈으로 다음 해에 또 오고 …… 첫사랑은 다음에 또 올 수 없잖아요"
여자는 애써 명랑한 태도로 사내에게 말했다.
"엎어진 물은 주워 담을 수 없지만, 사람과 사람의 만남은 언제든 계속 될 수 있잖아요."
사내가 대답하자 여자는 알았다는 듯이 고개를 끄덕이며 머플러를 풀어 사내의 목에 동여맸다.
"안기고 싶어요. 안아주세요."
여자가 생끗 웃으며 앙탈을 부려도 사내는 꿈쩍도 안하다, 고개를 떨구었다. 사내의 눈에는 앙칼진 목소리의 아내의 그림자가 비춰왔다. 여자가 가만히 사내의 손을 잡았다.
"손이 따뜻하군요. 정이 많은가 봐요."
여자는 사내의 손을 만지작거리며, 가쁜 숨을 몰아쉬었다.
"어머! 눈이 와요. 눈이 ……. 첫눈이네요."
마침내 어두워진 하늘에서 눈이 내리기 시작했다. 여자가 달리는 버스 밖의 풍경을 보며 소리쳤다. 차 안의 사람들도 밖을 보며 놀래는 표정들이었다. 창밖에는 함박눈이 펑펑 쏟아지고 있었다. 달리는 차들이 속력을 낮추었다. 쏟아지는 눈은 주먹만큼이나 크고 바람과 함께 휘몰아쳤다. 세상은 갑자기 새하얗게 변해버렸다.
"첫눈이라, 내년에도 내리겠지요."
사내가 중얼거리듯이 말했다. 당장 차밖으로 여자와 함께 뛰쳐 나가고 싶었다.

"차가 너무 빨리 가는 것 같아요. 눈도 쏟아지는데"

여자가 달리는 차가 안타깝다는 듯 사내를 올려다보았다.

"이 차의 종착역이 없었으면 좋겠어요. 아주 오래된 사람처럼 만났다가, 이름 모를 사람으로 떠나야 하는 현실이 미워요."

여자의 눈에서 눈물이 방울방울 흘러내렸다.

추억의 사슬

회사 창립 기념일에 들어온 수십 개의 화분이 벽 언저리에 즐비했다. 주로 동창이거나 거래처 사장의 이름이었다. 그중 유독 그녀의 눈길을 사로잡은 화분 하나가 지나치다 싶었다. 서양 난이 아니라 우리나라 희귀종이었다. 심산유곡에 숨어있음 직한 난이었다. 더구나 여러 포기를 촘촘히 심어놔서 화분도 넓고 컸다. 꽃대가 많아서 세어보니 바로 그녀의 나이 숫자다. 우연일까. 아니면 무언가 알려주려는 뜻이 있는 걸까. 리본에 매달린 임 광세라는 이름도 낯설다. 아마도 남편이 죽기 전에 새로 튼 거래처의 사장인가 보다.

일주일이 지난 후 난의 꽃색만 다르고 그녀 나이 수의 난대를 심은 화분이 배달 되어 들어왔다. 이건 분명 무언가 알리려고 하는 어떤 의도가 있을 거라는 생각이 그녀에게 떠올랐다.

"최근 우리 거래처에 임 광세라는 이름이 있나 찾아봐 주세요."

30여 분이 지난 뒤에 나타난 비서는 머리를 흔들었다. 그러면서 잠시 표정을 멈칫거리더니 어렵게 입을 열었다.

"지금 사내에서 문제가 되고 있습니다."

"무슨 문제?"

"자기는 회장을 만나야겠다고 부탁해서, 화분만 받고 그냥 돌려보냈으나 현관 입구에서 아마 죽자고 앉아 있을 겁니다."

사업을 하다 보면 이런 사람들이 있게 마련이다. 어려운 사정 있으니 봐달라는 청탁으로 끈질긴 사람들도 있다. 이 사람은 좀 특별하다는 생각에 그녀는 비서를 앞세우고 현관으로 갔다. 아니나 다를까, 남자 하나가 얌전하게 앉아서 손가락을 만지작거리고 있었다. 아무리 기억을 더듬어 생각을 짜내도 전혀 본 적이 없다. 낯선 사람이었다.

그녀는 그를 접견실로 들어오게 해서 둘이 마주 앉았다. 사내는 그녀를 보자 눈물이 핑 돌더니 눈가가 촉촉하게 젖어 왔다. 울고 있었다. 흑흑거리며 손수건으로 눈물을 닦았다. 당황한 그녀는 사내의 표정을 살폈다. 그리고는 날카로운 눈빛으로 그의 얼굴을 똑바로 바라보았다. 둘 사이에 잠시 서먹한 기운이 감돌았다. 비서가 찻잔을 놓고 나가자 그는 울먹이며 입을 열었.

"40년이 넘어서야 드디어 찾았네요."

순간 그녀는 깜짝 놀랬다. 회사의 무슨 정보를 가지고 있나 해서 긴장되었다. 호기심까지 동했다.

"우리 회사와 무슨 관련이 있나요?"

사내는 머리를 흔들면서 천천히 그녀 얼굴을 바라보다가 기어가는 목소리로 중얼거렸다.

"옛날 모습 그대로네요."

그녀는 어떤 생각도 떠오르지 않아 멍하니 그를 바라보았다. 이 사람이 옛날부터 나를 알고 있었던 것인가. 아무리 생각을 쥐어짜 봐도 그녀의 기억에는 없는 사람이었다.

"누구신지 저는 모르겠는데요."

그렇게 말하는 그녀를 사내는 뚫어지게 한참을 바라보더니 자신에게 말하듯 중얼거렸다.

"그런 줄 알고 있었어요."

이것은 또 무슨 말인가? 아무리 생각해도 감이 잡히지 않았다. 이해 못 할 말을 사내는 하고 있지 아니한가. 이런 남자를 앞에 놓고 귀한 시간을 허비하는 것이 아까워 그녀는 일어서려고 했다. 그러자 사내는 다급하게 입을 열었다.

"저를 모르겠어요? 절 자세히 보세요. 기억날지 몰라요."
"고향이 어디세요? 혹 초등학교 시절에."

초등학교 시절이라면 반세기 가까운 세월이다. 같은 반 같은 학년이 아니면 그녀에겐 감이 떠오르지 않았다.

"십 대에 만난 사람을 어찌 기억하겠습니까. 그 시절 저는 아버지가 안 계시고 어머니 따라 너무 힘들게 시내서 학교도 떠돌아다녔지요. 그러나 교회엔 열심히 다녔지요?"

"주은 씨 맞지요? 학생부 예배 때 반주했지요?"
"어! 그건 맞아요."

이름을 말하며 예배 때 반주했냐는 물음에 그녀는 억 소리를 지를 뻔했다.

"크리스마스 이브 순서에 우리 둘이 듀엣으로 찬송가를 불렀지요. 주은 씨는 소프라노, 제가 베이스로 화음을 했던 것 잊지 않지요. 그때 곡이 '예수 사랑하심은 거룩하신 말일세. 우리들은 약하나 예수 권세 많도다. 날 사랑하심 날 사랑하심 날 사랑하심. 성경에 써 있네'.

"제가 반주를 한 탓에 많은 사람들과 찬송을 불렀기 때문에 전혀 기억이 없네요."

"저는 그 후 그 찬송을 부르며 지금까지 신앙생활을 하고 있지요. 기쁠 때나, 힘들 때, 주은 씨와 부르던 그때를 생각하며 신앙생활을 하며 살아왔어요."

이름을 말하며 그때의 상황을 말하는 것으로 보아 유년의 숲에서 스친 사람인 모양이었다. 그래도 사기꾼일 가능성이 많다는 생각에 경계를 하며 사내의 행동을 주시했다. 그간 회사를 이끌며 수 없이 당해온 경험도 있었다. 어떤 방법으로도 돈을 빼낼 목적으로 이런 연극도 할 수도 있었다.

그녀는 가능하면 이 자리를 모면하고 싶었다. 빨리 사기꾼 같은 사람을 보내고, 밀린 서류를 검토하고 사인도 해야 했다.

"잘 알겠습니다. 오늘은 중요한 회의가 있어 시간이 없네요."

그녀는 칼날처럼 싹둑 그의 말을 끊어 내고 벌떡 일어나서 가볍게 인사를 하고 그 자리를 박차고 나왔다.

그리고는 한 달쯤 되었을까. 새로 개발한 상품의 판매상태를 알아보려고 매장에 나갔다. 사람들은 북적였다. 흐뭇한 마음으로 매장을 둘러보는데 북적이는 사람들 틈바구니에 그 사람의 얼굴이 눈에 들어왔다. 아니 저 사람이 여길 또 왔네. 혹시라도 저가 수단 방법을 가리지 않고 가로막는다면 어쩌지, 어서 피해야지 하고 뒷문으로 빠져나왔다.

그녀의 나이 수대로 꽃대가 있는 화분은 매월 초가 되면 배달되어 왔다. 일년이 흘렀다. 한해가 지났다.

이젠 꽃이 오지 않으면 혹시 그 사람에게 무슨 일이 있는가 하는 마음이 들 정도가 되었다.
 어느 날, 시간을 내서 매장에 나가보니 그가 멀찍이 서서 바라보는 것이 아닌가. 간절한 시선으로 그녀를 바라보고 있었다. 아무리 생각해도 십 대에 그를 본 기억은 전혀 없어서 미안하다는 마음이 살그머니 머리를 들었다.

 바람과 함께 눈발이 날리는 초겨울이었다. 퇴근하려고 내려가는데 그가 멀리서 바라보고 있었다. 요즘으로 말하자면 스토커가 분명한데 상대를 해치려는 의도가 없어 보이니 경찰에 신고할 처지는 아니었다. 그녀는 차를 세우고 그를 불렀더니 즉시 달려와 차 옆에 섰다.
 "차를 두고 올 테니, 회사 맞은편 모나리자 카페로 오세요."
 카페로 가니, 그는 벌써 와 앉아있었다. 코트를 벗으려고 단추를 푸니 그가 잽싸게 받아 옆의 빈 의자에 놓았다.
 이제 보니, 키도 크고 둥근 얼굴에 빛나는 눈이 미남이라는 생각이 스쳤다. 이름이 알려진 연예인의 얼굴 그대로였다. 옷도 아무렇게나 입은 게 아니고 귀족적이었다.
 "시간이 널린 백수신가 보죠? 왜 이렇게 저를 미행하는 겁니까?"
 "오늘은 눈이 오잖아요. 이런 날은 그냥 보고 싶어서 오는 것입니다."
 그는 잔잔한 미소를 흘리면서 그녀의 얼굴에 다정한 눈길을 던졌다. 혹시 이 남자, 남편 없는 여자라고 유혹해서 재산을 탐하는 사람이 아닐까, 하는 의구심에 그녀는 몸을 도사렸다.

"저란 사람은 주은 씨를 만나 인생에 성공한 사람입니다."

이게 또 무슨 말인가? 그녀는 놀랬다. 도대체 이 남자가 어떤 마음을 감추고 이런 수작을 부리는 것인지, 조심해야 한다. 그간 사업 현장에 못된 사람들이 얼마나 많았던가. 남편이 없으니 덫에 걸리면 큰일이다.

"제가 주은 씨 덕분에 국내에서 제일 들어가기 힘든 S 대학 경영학과에 들어가 성공한 것도 주은 씨 덕분입니다."

"아, 그러세요?"

그녀는 놀랬다.

"그래서 언젠가는 주은 씨와 아프리카 오지나 열대지방을 일년에 한 번씩 가는 일에 희망을 걸은 거지요."

"아프리카 열대지방이라면 전염력이 강한 괴질이 많은 곳인데 거길 뭣하러 가세요."

그는 말없이 빙긋 웃었다.

"제 친구가 아프리카 오지 선교사인데 벌레가 물면 살갗에 알을 낳아 그 알들이 살 속에서 유충이 되어 오물거린다는 말도 들었지요."

점점 이 사람은 미궁 속으로 나를 유혹하고 있구나. 흑심을 품고 있구나. 그녀는 조심해야겠다는 생각이 들자, 몸이 도사려지는 것을 느꼈다. 그녀는 날카롭고 싸늘한 시선으로 그를 노려보았다. 그의 엉뚱한 생각을 제압할 목적이었다.

그가 건네준 명함을 받아, 집에 돌아와서 인터넷에 그의 이름과 회사 이름을 넣으니 사진까지 모두 화면에 떴다. 그렇다면 날 속인 것이 아닌데, 혹시나 성형을 하고, 비슷한 외모를 만든 것 아닐까. 비슷한 이름을 가진 동명인은 아닐까. 의구심이 연달아 그녀 마음을 차오르며 흔들어 댔다.

회사의 자금 형편이 어려워 잔고 조사를 하느라고 눈코 뜰 새 없이 바쁘게 며칠을 보냈다. 회사는 점점 경영이 악화되어 가고 있었다. 다시 소생할 수 없을 정도로 기울어 가고 있었다. 주변에서 별의별 루머가 떠돌았다. 도산 직전인 것을 남편이 숨기고 그 압박을 이기지 못하고 심장마비로 간 것이구나 하는 새로운 사실도 알게 되었다. 이 많은 직원들의 생계를 어찌할까 하는 걱정이 그녀의 앞날보다 앞섰다. 직원들 뒤에 매달린 가족들까지 합치면 엄청난 숫자다. 죽은 남편의 슬픔을 아파할 그런 상황이 아니었다.

당장 눈앞에 떨어진 불을 끄려면 돈이 있어야 한다. 돈을 빌려줄 은행을 찾아야 한다. 거래 은행을 매일 발바닥에 불이 날 정도로 갔다. 전무를 만나고, 은행장을 만나도 쉽지 않았다. 도산에 처할 기업으로 분류되어 꿈쩍도 하지 않았다. 재고 정리나 철저히 하라는 말뿐이었다. '이대로 끝내야 하는구나' 하는 괴로움으로 며칠 밤을 새웠다. 얼굴도 부석하고, 어지럼증으로 몸도 흔들렸다. 당장 이달에 지급할 인건비도 없으니 걱정이었다. 전사원의 몰매를 맞을 형국이었다.

은행을 몇군데 다니다 포기하고 사무실로 돌아와 쓴 커피를 홀짝이며 앉아있는데 비서가 화분을 들고 들어왔다.

"그 사람이 직접 가지고 왔어?"

"예 여기 쪽지도 남겼습니다."

시간이 되면 세시에 모나리자 카페로 나오라는 메모도 있었다. 그녀는 부아가 치밀었다. 느긋하게 일을 보며 게으름을 피우고 시계를 보니 다섯 시가 지났다. 그녀는 어디 한번 보자 하는 심정으로 기대하지 않으면서 카페로 갔다.

세상에 이런 일이 그는 있었다. 얼마 전 앉았던 자리에 앉아서 손을 흔들고 있었다. 반가움이 넘쳐 환한 미소까지 지어 보였다. 가까이 가자 그녀 얼굴을 찬찬히 살펴보고 안쓰러운 표정을 짓는다.

"얼굴이 많이 상했군요. 사업이 힘들지요?"

"……."

"저도 사업하는 사람이라 잘 알아요. 은행 융자가 끊겨 힘든 지경에 이른 것도 알아요."

"제 사업까지 어떻게?"

그녀는 자존심이 상해서 톡 쏘아붙였다.

"예전 성품 그대로네요. 그게 멋있고 매력적이었지요."

그녀는 기가 차서 고개를 꼬고 앉았다. 불쾌한 마음을 감추지 못하고 그를 쏘아봤다.

"도움이 필요하지요. 얼마나 부족해요?"

그는 진지했다. 농담이 아닌 진담의 표정으로 진지했다. 착 가라앉은 다정한 음성으로 물어왔다.

"누구 사람 약올리나요."

"화내지 말고 말해 보세요."

그가 말하자 그녀는 큰 액수를 제시하리라 생각하면서 비웃는 마음으로 말했다.

"30억요."

"그 정도면 회사가 살아나요? 더 필요하면 말하세요."

그의 꿈쩍 않는 태도에 그녀는 당황했다. 이거 나를 가지고 노는 다른 방법을 쓰는 모양이구나. 내가 속나 보자 하는 마음으로 그를 노려보았다.

허무맹랑한 철없는 한때의 추억을 끌어안고 사는 사람, 자신의 고집을 끌어안고 사는 일종의 정신병자 아닐까 별의별 생각이 다 떠올랐다.

"내게 시간을 열흘만 줘요. 돈을 돌려 송금할 테니, 계좌번호나 여기 적어 줘요."

그는 수첩을 꺼내 볼펜과 함께 메모지를 그녀 앞에 내밀었다. 이 남자 장난을 되게 치는구나. 하는 생각에 이르자, 너 한 방 맞아봐 하는 마음으로 그녀는 거짓 구좌를 써주고 헤어졌다. 한편으로는 통쾌했다.

그리고 며칠을 잊고 있었는데, 밤 늦게 전화가 울렸다. 나이가 들고 혼자 사는 여자이니 전화가 울려와도 받지 않았다. 그런데 같은 번호가 계속 떴다. 그녀는 야단칠 목적으로 수화기를 들었다. 그의 부드러운 음성이 들려 왔다.

"엉터리 계좌를 주면 어떻게 해요. 다시 천천히 불러봐요. 회사가 어려워 정신이 없어서 그럴 만도 하지요. 어서 불러봐요."

그녀는 얼떨결에 통장을 열어 번호를 불렀다. 얼굴이 붉어지고 씩씩거려 졌다.

'어디 두고 보자. 네가 나를 놀리니 정말인가. 한번 보자. 이렇게 큰 액수를 어떻게 마련한다고 까불어'.

며칠이 지난 뒤 이제 닥칠 어려움을 생각하며 멍하니 앉아있다가 사기꾼의 말을 한번 믿어보자 하는 심정으로 온라인에 들어가 통장을 열었다.

돈이 들어와 있었다. 30억이 들어와 있었다. 동그라미 숫자를 세고 또 세어보았다. 정확하게 입금되어 있었다. 순간 가슴이 뛰기 시작했다. 남편은 죽으면서까지 해결 못했는데, 이 남자가 내게 이 거액을 넣다니, 정신이 얼얼했다. 그가 준 명함을 찾다가 찾지못하자 비서를 통해 연락이 되도록 방법을 취하여 모나리자 카페에서 다시 마주 보고 앉았다. 그녀는 그를 만나서 처음으로 가면을 벗고 진지하게 물었다.

"이해할 수 없어요. 어쩌자고 저에게 그런 거액을 넣었어요? 고맙기는 하지만 받을 수 없어요. 제가 비록 망해서 노숙자가 되어도 그 돈을 받을 수 없으니 돌려드릴게요."

"그 성품에 그걸 받을까 하는 걱정이 앞섰지만, 워낙 다급한 상황이고 세월이 흘렀으니 주은 씨의 모난 자존심도 둥그렇게 닳았으리라 생각했어요. 우선 다급한 불이나 끄고 봅시다."

그녀는 세차게 받을 수 없다며 거부했다. 생판 모르는 남자에게 이런 거금을 받으면 쉽게 불행의 올가미에 걸려드는 것이다.

"내가 이래서 주은 씨를 좋아해요. 그럼 우리 이렇게 합시다. 돈을 빌려줄 터이니 나중에 갚아요. 그 조건이면 되겠어요? 그렇게 합시다. 그래도 마음이 허락하지 않으면 기한을 정해요. 그 동안 회사를 잘 운영해서 살려낸 뒤 갚아요."

그녀는 잠잠히 앉아서 많은 생각을 했다. 월급이 안 나왔다고 아우성치는 직원들의 얼굴이 떠올랐다. 내 자존심 때문에 이런 기회를 놓치면 그건 내 책임이 큰 것이다. 순간 묘책이 떠올랐다.
"그래요. 호의를 받아들일게요. 그 대신 이자는 은행 이자로 매월 꼬박꼬박 넣어드릴게요."
그러자 그는 흔쾌한 목소리로 허허 웃으면서 점잖게 말했다.
"그 성품 그 자존심 어디 가겠어요. 바로 주은 씨의 그 자존심을 저는 좋아해요. 오랜 세월이 지났어도 아직도 변하지 아니한 그런 심성을 가졌으니 제가 주은 씨에게 받은 은혜를 이렇게라도 갚으니 너무 행복합니다."
"도대체 제가 무슨 은혜를 베풀었다고 그래요?"
"주은 씨를 만날 당시 저희는 어려웠어요. 먹을 것이 없어서 굶어 죽을 지경이었는데, 주은 씨 어머니가 저희에게 먹을 것을 주셨고, 어느 땐 식량도 보태주셔서 어머니와 저는 살아갈 수 있었지요. 그때 주은 씨는 교회에서 저에게 따끈한 고구마도 주셨어요. 받을 때, 가슴이 뛰었어요. 죽어도 은혜를 잊지 말라는 어머니의 말씀을 평생 가슴에 간직하고 살았어요. 나는 보잘 것 없는 코 흘리게 초등학생이었지만 주은 씨는 예쁜 흰 칼라 교복 차림이었어요. 교회에서 피아노도 연주하고 얼굴도 예쁘고 남학생 형들이 좋아해서 저는 그 서열에 낄 수가 없었어요."
그의 고백을 들으면서 그녀는 조금씩 그 시절 생각이 떠올랐다.
어릴 적 크리스마스이브 행사는 축제였다. 행사 연습을 하는 우리들을 위해 교회 어른들은 고구마를 구워 오고, 어느 땐 사탕과 과자도 준비해오셨다. 그녀는 연습을 마치면 김이 모락모락 오르는 따끈한 고구마를 나눠주었던, 그 시절의 생각이 주마

등처럼 스쳤다. 그에게만 준 것이 아니고 함께한 모든 학생들에게 나누어 주었는데 그걸 기억하고 있다니.

"그리하여 훌륭한 사람이 되어 주은 씨 앞에 당당하게 나타나기로 결심하고, 죽을힘을 다하여 공부했지요. 마침내 시골 출신이 들어가기 힘들다는 S 대학에 합격했지요. 똑똑한 주은 씨도 그 대학에 합격했을 거라는 확신을 가지고 단과대학을 돌면서 나름대로 여학생 명단을 찾았지만, 전 주은 이란 이름은 찾을 수가 없었어요. 아무리 찾아도 저희 S 대학에 주은 씨 이름은 없었어요. 그 뒤 서울의 다른 대학을 찾아다녔지요. 주로 음대로 발길을 돌려 찾아다녔어요. 음악을 잘해 분명 음대에 갔을 것이라는 생각에서지요. 지금까지 나는 언젠가 꼭 주은 씨를 찾을 것이란 꿈을 가지고 있었어요. 한 번도 그 꿈을 포기하지 않았어요. 그 만남을 생각하며 저는 사업을 일으켰지요."

그녀는 그의 말에 점점 흥미를 느끼면서 빠져들었다.

"이브 행사가 끝나고 성탄 파티에서 과자를 나누며 즐거워할 때, 각자 이 다음에 커서 어떤 사람이 될 것인가를 말한 것 기억나요?"

"그때 주은 씨는 이 다음에 아프리카 오지의 열대지방에 가서 그곳 불쌍한 사람들을 돌볼 거라고 했어요. 저는 잊지 않고 있어요."

그런 꿈을 품었던 아름다운 시절이 있었다는 생각에 이르자, 그녀는 가슴이 뭉클했다. 그 당시 널리 알려진 슈바이처의 전기를 유행처럼 읽고 있었던 기억도 났다.

"이제 가정도 있고 자녀들도 있을 터인데 아직도 꿈을 가지고 있나요?"

"저는 주은 씨 찾아다니는 동안 무척 행복했어요. 한 여자를 찾아다니는 행군을 계속하느라고 결혼도 못 했어요."

"어머! 그래요."

그녀는 놀랬다. 충격적이었다.

"솔직히 고백하자면 그동안 주변 사람들의 권유로 선은 많이 봤지요. 그때마다 주은 씨의 얼굴이 앞을 가로막았어요."

"어머머, 지금도 혼자란 말이에요?"

"가정부가 있으니 불편은 없어요. 언젠가 주은 씨를 만나면 그때처럼 함께 주은 씨가 치는 피아노 반주로 노래를 부르리란 꿈을 꾸고 있어요."

자기를 찾아다니느라고 결혼도 못했다는 말에 그녀는 기가 질렸다. 사기꾼은 아닌 모양이다. 이게 사실이라면 소설 주인공이 될 것이다. 수도승도 아니요. 신부도 아닌, 속세에 속한 사람이 그들처럼 살아간다는 건 있을 수 없는 일이다. 그녀는 마침내 꼭 묻고 싶었던 질문을 던지고 말았다.

"어떻게 저를 찾았어요?"

"주은 씨 회사 창립기념 광고 소식에서요."

"주은이란 이름이 흔한데 그게 난 줄 어떻게 알았지요?"

"그래서 기념식장에 직접 가서 확인 해 보았지요. 주은 씨 얼굴을 멀리서 가까이서 몰래몰래 훔쳐봤지요. 옛날 모습이 살아 있더라고요. 그날 나는 한잠도 못 잤어요. 희망이 가까이 왔다는 확신이 생겼어요."

그가 빌려준 돈을 덜컥 쓰기가 내키지 않아 고민을 했다. 내가 그 돈을 쓴다면 그는 나를 어떻게 생각할까? 나에 대한 환상이 사라질 것이다. 그녀는 고민했다.

그 순간 엉뚱하게 그녀는 아버지의 생각이 떠올랐다. 솔직히 고백하자면 아버지는 가정을 버렸다. 할아버지의 도움으로 아버지는 신학문을 배운 것이 있어 넉넉하게 살던 그녀의 집은 아버지가 다른 여자와 관계를 맺는 바람에 모녀는 아버지를 죽었다 치부하고 도시를 떠나 시골로 숨어버렸다. 그 아버지가 임종하면서 변호사를 통해 보낸 유서와 유산을 징그러운 벌레를 대하듯 그냥 집어 던졌던 기억이 났다. 얼마 지난 후, 보낸 봉투를 열었다. 땅문서였다. 부동산에 내어놓으니 긴 세월 땅값이 엄청 치솟아 큰 액수였다. 그렇게 해서 회사의 부도 위기를 넘기고 회사를 일으켰다.

그 뒤로 회사 일에 매달려 그에 대한 생각이 점점 멀어졌다. 여전히 꽃은 주기적으로 배달되었다. 거실과 베란다에 그가 보내온 화분으로 빈틈이 없을 정도였다.

마침내 3년이 지나 30억을 돌려주었다 그는 섭섭했는지 꽃만 보내고 얼씬거리지 않았다. 그렇게 계절은 흘러갔다. 회사는 간신히 살아나서 이제 본궤도에 올라, 그녀는 일에서 조금 손을 떼어도 되었다.

싱가폴에서 국제전화가 걸려 왔다. 어제부터 울려댔다. 아는 사람이 없는 싱가폴에서 웬 전화일까. 잘못 걸려 온 전화로 알고 받지를 않았다.

"미스 주은, 두유 노 미스터 광세 임?"

"예 압니다."

"그분이 아주 위독합니다. 그런데 눈을 감지 못하고 있습니다. 주은 씨를 만나야 눈을 감을 줄 압니다. 계속 주은 씨 이름을 부르면서 임종을 미루고 있으니 어서 빨리 오시기 바랍니다."

생각해 보니 그의 얼굴 못 본 지가 1년이 넘었다. 어떻게 해서 거기까지 가서 죽으려 한단 말인가. 아무튼 별난 남자라는 생각에 은근히 신경이 쓰이고 걱정이 되었다. 혹시 일부러 병원이라고 속이고 나를 유혹하는 것이 아닐까? 하도 험한 세상이라, 별의별 생각이 다 들었다. 많이 망설였다. 그러나 나를 찾는 마지막 임종자리라면 하는 걱정도 되었다. 자기 마음대로 나를 향한 사랑을 놓지 못하고 긴 세월을 혼자 살았으니, 이 세상을 떠나는 순간만이라도 가서 손을 잡아 줘야 한다는 마음이 가슴에서 솟구쳤다.

다음 날 싱가폴 비행기에 올랐다. 왜 우리나라에 있지 않고 한 회사의 책임자가 거기까지 가서 일을 당하고 있을까? 알 수 없는 일이었다.

곧장 병원을 찾았다. 시내 중심에 있는 유리로 지어진 고층 건물이었다. 의사의 설명을 아무리 귀를 기울여도 생소해서 이해할 수가 없었다. 눈으로 가서 직접 확인하고 싶었다. 안내자를 따라 유리로 된 복도를 걷고 있을 때, 어떤 두려움도 생겼다. 두려움으로 주위를 살폈다. 밖은 찜통 더위였지만 안은 냉방이 잘 되어 있어 시원한 가을 날씨 같았다.

그는 격리된 음압병실에 있었다. 들어가려면 개인 보호 장비를 갖춰야 한다. 소독을 하고 마스크에서 장갑까지 중무장의 방호복을 입고 들어가는 곳이다. 안내하는 간호원이 그녀를 밖에 세워놓고 유리창을 통해 인사를 하라고 했다. 그가 흐린 눈을 뜨고 그녀를 알겠다는 듯 희미한 미소를 던졌다. 간호사가 우주복처럼 생긴 멸균 복으로 무장을 하고 들어갔다. 그리고는 그에게 무어라고 말하니 그가 다시 그녀를 향해 중얼거리며 웃었다. 간호원이 주사를 놓고 연고를 몇군데 바르더니 숨이 막히는 듯 바로 나왔다. 간호원이 고개를 흔들며 전염성이 강한 병이라는 뜻을 말했다.

그녀는 의사를 찾아가 강하게 말했다.

"저 병실 안에 들어가겠습니다. 허락해 주십시오."

"절대로 안에는 들어갈 수 없습니다. 절대로 안 됩니다. 아주 중하게 격리된 환자라 의사나 간호원들만 잠시 들어가 치료만 하고 나옵니다. 큰일 납니다. 당신의 생명이 위험하니 의사로서 절대 허락할 수 없습니다."

"도대체 무슨 병인데 그래요?"

무어라고 떠들어 대는데 전혀 알아들을 수 없었다. 바이러스 바이러스만 알아들을 수 있었다. 이해가 되지 않았다. 아마도 바이러스에 의한 강한 병인 모양이었다.

그녀는 순간 이상한 오기가 솟아올랐다. 남편도 죽었고 자식들은 다 컸고 회사도 이제 잘 돌아가니, 일생 자기를 찾아 헤맨 이 남자의 마지막을 지키다가 그 병이 옮기면 함께 죽어도 좋다는 이상한 오기가 솟아올랐다.

"죽어도 좋습니다. 저에게도 당신네들처럼 소독한 방호복과 마스크를 주세요. 그리고 당신이 그를 치료하던 연고를 좀 많이 주세요."

"허락할 수 없습니다. 유리를 통해 환자와 나누는 대화만 가능합니다."

그녀가 떠드는 바람에 나타난 중국계인 의사는 얼굴을 찡그리며 머리를 세차게 흔들었다.

"그렇다면 그냥 들어갈 수밖에 없습니다."

그녀가 억지를 부리면서 항의하자, 간호원 하나가 사인장을 내밀었다. 죽어도 좋다는 사인을 받고 중무장을 시켜서 그녀를 들여보냈다. 연고와 알콜 소독약, 그리고 솜을 넉넉하게 많이 챙겨가지고 들어갔다.

그녀가 병실 문을 열고 들어서는 걸 보고는 그는 누운 채 소리를 질렀다.

"들어오지 마요. 죽어요. 당신 죽으려고 그래. 안돼요."

그녀가 가까이 가자 그는 몸부림치며 외쳐댔다.

"안된다니까. 나가요. 나가."

그가 몸부림치는 것을 무시하고 그녀는 그의 침대 옆에 섰다. 몸을 살펴보니 전신이 헐어있었다. 헌 상처로 빈틈이 없었다. 눈만 번득거렸다. 그녀는 그에게 조용히 하라고 손가락으로 입술을 붙여 보였다. 그래도 그는 죽을 힘을 다해 몸을 비틀며 악을 썼다.

"억지 쓰지 말고 가만있어요."

솜에 알콜을 묻혀 고름과 딱지를 제거해 가면서 연고를 바르기 시작했다. 얼마를 먹지를 못했는지 앙상한 뼈만 남았다. 가려움증의 아픔으로 약해진 그는 악을 쓰다 축 늘어졌다. 축 늘어지더니 두 눈을 질끈 감고 그녀에게 몸을 맡겼다.

얼마쯤 시간이 지나자 그가 다시 정신을 가다듬고 험악한 표정을 지으면서 발광했다. 그녀 앞에 드러난 자신의 모습에 수치감을 느낀 모양이었다.

"어서 나가. 빨리. 죽고 싶어요. 이제 보기 싫어요."

그녀가 거침없이 그의 온몸에 알콜을 묻혀 닦아내자, 그는 의사와 간호사를 불러 댔다.

"닥터 닥터, 어서 이 여잘 끌어내요."

그의 말에 그녀는 오기가 더 났다. 오기가 치솟았다. 상의 환자복을 벗겼다. 가슴팍과 배꼽 부근을 알콜로 닦으며 연고를 발랐다. 그리고 밑으로 내려가 하의를 벗기고, 팬티를 벗기려 하자, 기가 막힌지 눈을 동그랗게 뜨더니 어이없다는 표정을 지었다. 그녀는 그의 반응에 상관없이 항문 근처를 들썩이며 남성의 심벌까지 모두 닦아냈다. 살갗이 벌겋게 되어 무척 아플 터인데, 그는 그녀에게 몸을 맡기고 눈을 감아버렸다. 전신을 닦아 내리며, 연고를 발랐다. 그녀의 몸은 땀이 온몸에 비 오듯 했다. 땀으로 푹 젖어 있었다. 방호복 속에 물이 홍건히 고일 지경이었다, 죽기를 각오했다는 그녀의 결단에 이런 사람 처음 본다며 구시렁대며 바라보던 의사와 간호원도 복도에서 자취를 감췄다.

그녀는 그의 병실 창가에 있는 긴 의자에 앉아 숨을 몰아쉬며 잠간 쉬었다. 피로가 쏟아졌다. 잠간 사이에 졸음이 몰려왔다.

둘이 손을 잡고 노래를 불렀다. 찬송가였다. 그녀는 소프라노.

그는 베이스로 화음을 맞추며 '예수 사랑하심은 거룩하신 말일세. 우리들은 약하나 예수 권세 많도다. 날 사랑하심 날 사랑하심. 성경에 써 있네.' 옛날에 불렀다는 찬송가였다. 구경하던 많은 사람들의 박수 소리에 눈을 떴다. 꿈이었다.

얼마 지났을까. 햇살이 창문을 통하여 부챗살처럼 퍼졌다. 그가 침대에 누워 그녀를 기이한 짐승 보듯, 노려보고 있었다. 그녀는 부스스 일어나 그의 곁으로 갔다. 그는 손을 내밀어 그녀 손을 잡았다. 그리고는 빤히 그녀를 바라보며 더듬거리며 말했다.

"내 몸 구석구석을 닦으며 본 사람은 어머니 말고 당신이 처음이오."

"전, 죽어가는 사람 살리려고 환자를 구할 심정으로 했으니 이상한 마음 갖지 말아요."

"내가 수 많은 여자들 중에 참, 잘 골랐지요. 당신의 마음을 알았으니 편히 가리다. 나는 이제 후회 없어요. 난 행복해요. 이제 그만, 나가세요. 주은 씨 고마워요. 행복합니다."

그의 눈가에 이슬방울이 맺혔다.

"어떻게 하다가 이런 병에 걸렸어요? 제가 듣기로는 치료할 수 없이 죽는다는 열대지방의 무서운 풍토병인 것 같아요."

그는 숨이 찬지 몇 번 호흡을 고르다가 씩 웃어가며 입을 열었다.

"십 대에 우리가 교회에서 당신이 아프리카 오지나 열대지방의 선교가 꿈이라고 말했지요. 언젠가는 당신을 만나 함께 갈 준비로 일 년에 두어 번씩 국경없는 의사나 선교사들을 따라서 열대지방을 다녀왔어요. 그 시간엔 온전히 당신만 생각했어요. 당신 손을 잡고 여행할 곳을 찾아다니다가 이런 몹쓸 병에 걸린 거요. 이곳 의사들은 겁먹고 호들갑을 떨길래, 죽으면 나를 지킬 사람으로 당신을 택한 것이요."

"도대체 정확한 병명은 무어에요?"

"풍토병의 한 종류로 그 지역 모기에 물리면 전염되는 악성 바이러스인가 봐요."

"어서 나가요."

그녀는 병원 밖 숙소로 와서 이틀을 푹 쉰 다음 날, 그에게 갔다. 놀라운 일이었다. 혈은 피부가 좋아졌고 치료가 엄청나게 빠르게 회복 되어간다는 것이었다. 그녀가 나타나자 의사들이 달려왔고 간호원들이 달려왔다. 무얼 어떻게 했느냐고 물어 쌓더니 침이 마르도록 칭찬을 했다. 그녀는 다시 마스크를 하고 방호복을 입고 그에게로 갔다. 그는 밝은 표정으로 웃고 있었다. 그녀는 양손의 고무장갑을 벗고 그의 두 손을 잡았다. 손이 깨끗했다.

"난 이제 살아났어. 주은 씨의 사랑으로 살아난 거야. 당신이 이렇게 내 곁에 있으니, 무서운 열대 풍토병의 바이러스 균이 간과 신장에 침투해서 힘들겠다던 병을 나는 이겨냈어. 난 살아난 거야."

그녀를 그윽하게 바라보며 그는 행복한 미소를 지었다. 그의 눈길에서 사랑의 에너지가 느껴졌다.

그녀의 방 (1)

사랑은 우리를 가두는 방.
설레임으로 달려와
하늘로 하늘로 날아오르고
나는 한 마리 새가 되어
그대 창가에 앉아 문을 두드리는
어쩔 수 없는 그리움이여.

창밖엔 비가 내리고 있었다.
2월에 내리는 비는 봄을 재촉하며 쌓인 눈을 녹이고 있었다.
창밖을 바라보던 선임하사가 나를 향하여 불쑥 한마디 했다.
"야. 우리 커피 한 잔 먹을까?"
"저는 괜찮습니다."
나는 곧장 뜨거운 물에 믹스커피를 타서 선임하사에게 내밀었다.
"너 애인있지?"
"애인이라니요? 없습니다."
"뭐? 없다고."
영문을 모르는 나에게 선임하사는 뜻밖이라는 얼굴을 했다.

"그럼 내일 모레, 토요일, 애인이 면회와도 면회 안 시켜줘도 되지?"

올 사람이 없으니 어떤 내기를 걸어도 나는 자신 있게 대답할 수 있었다.

"정말 같은 학교 다니는 애인 없어?"

"없습니다."

"야 이거 늙은 상사가 졸병 애인 뺏을까 봐 감추는 것은 아닐 테고, 곧 미국으로 유학 가는 애인이 없단 말이야?"

아무리 생각해도 내가 아는 여자 중에 그런 여자는 없었다. 부대로 오는 여자들의 편지 중에도 나한테 오는 것은 없었다.

"하긴 뭐 유학 간다는 얘기는 너한테 안 했다니까, 그렇다 치고 여자 친구가 너무 많아 누군지 헷갈리는 거 아냐? 너는 딴 생각하고 있는데 여자 혼자만 일편단심하는 거 아냐?"

"잘 모르겠습니다만 제가 아닌 것 같습니다."

"아니긴 너 사령부 교육 간 지난 주 토요일 면회까지 왔는데"

그렇다면 더욱 모를 일이었다. 찾아올 여자도 없고 내가 먼저 부대 주소를 알려준 여자도 없었다. 같은 과 학생이 누가 군에 갔다고 여기까지 찾아온단 말인가. 더구나 학교 다니는 동안 몇 안 되는 과 여학생과는 변변한 대화 한번 나눈 적이 없었다. 소 닭 보듯 했다.

"정말 생각안나?"

"예."

"어허 큰일이구나. 애인이 면회 왔는 데, 정작 본인은 면회 온 사람이 누군지도 모르다니."

"혹시 다른 사람한테 온 걸 가지고 그러시는 게 아닌지요?"
"다른 사람? 내 눈으로 직접 확인했는데."

여자가 면회 온 것은 지난 주 토요일 오후였다. 그날 선임하사가 일직 근무를 했다. 위병소에서 본부중대 김성수 애인이 면회를 왔다는 것이다. 선임하사는 그가 사령부 파견 교육 중이라는 것도 설명하고 애인의 생김새가 궁금하여 직접 위병소로 내려갔다고 했다.

"내려가 보니, 뉘 집에서 키운 딸인지 잘 빠졌더라. 한쪽에 백을 메고 가슴에 책 두어 권을 들고 서 있는데 여간 예쁘지 않아. 위병소 근무하는 놈들이 네 애인 흘금흘금 쳐다보느라 정신없었어. 이렇게 말하는데도 누군지 모르겠단 말이야?"

"예. 잘 ......"

"그 여자도 참, 이런 걸 애인이라고 여기까지 찾아오고."

"어떻게 볼 수 없냐고 날 붙잡고 사정하는데. 어떻게 할 수 있어야지. 이번 달 지나 삼월이면 유학 가는데 그전에 널 꼭 보고 가야 한다고."

오긴 분명 누가 온 것 같은데, 나로서는 정말 알 수 없는 일이었다. 이건 누구다 떠 올라야 하는데 떠 오르지가 안았다.

선임하사가 위병소로 전화를 걸었다. 지난 토요일 찾아온 여자 이름을 물었다. 강은주.

은주라면 같은 대학에 다니는 학생이 아니었다. 시골 같은 마을 우리 옆집에 살던 초등학교 중학교 일 년 후배다. 그 은주라면 어릴 때부터 시골 아이 답지 않게 곱고 예뻤다. 여대생이 된 지금 옷태만 잘 낸다면 선임하사의 말대로 어느 집 딸보다 귀하고 곱게 컸을 것이다. 그런데 그 애가 갑자기 왜 날 면회를 왔을까. 아직 긴가민가하지만 강은주. 은주가 맞는다면 왜 같은 대학에 다닌다고 했을까. 거기다 유학이라니, 면회가 되지 않을까 봐, 절박한 마음에 그렇게 말한 것일까. 아니면 정말 미국으로 이민이라도 떠난다는 것일까. 그래서 옛날 만났던 일 때문에 마지막으로 내 얼굴이 보고 싶기라도 한 것일까. 그동안 서로 연락도 없이 지내다가, 이렇게 갑자기 날 찾아온 이유가 무엇인지 알 수 없었다.

은주는 초등학교 동기동창 은철이 사촌 여동생이다.
그녀는 우리가 살고 있는 시골 마을 옆집에 살았다. 한 살 아래인 그녀는 참 예쁜 아이였다. 사실 숫기가 별로 없는 내가 어릴 적 그녀에게 내 속마음을 노골적으로 드러냈던 기억은 없다. 어쩌다 운이 좋아 등하교 때만 볼 수 있었지만, 그때도 그녀는 친구들과 이야기를 나누며 오갔다. 나도 가까이 가서 이야기를 나누고 싶었지만 마음뿐이었다. 몰래 편지라도 전해주고 싶었지만 그렇지 못했다.
더구나 그녀 네는 시골에서 보기 드문 피아노까지 있었다. 그녀의 집 안에서 피아노 소리가 울려 나올 땐, 서성거리기도 했다. 알 수 없는 빠른 리듬에는 왔다갔다 몸 움직임도 빨라졌다.
그녀를 더 보지 못하게 된 것은 고 2가 되면서부터였다. 그러니까 서울에 있는 고등학교에 그녀가 진학하고부터였다. 사실 그때 그녀는 피아니스트의 꿈을 갖고, 무슨 음악 학교에 가게 됐다는 것 더 이상은 알지 못했다. 사촌 오빠 은철이 말로는 서울에 있는 삼촌 사업이 잘 되어 은주 네가 먼저 서울로 떠나고 자기네도 뒤따라 이사할 거라는 정도밖에 몰랐다.

그녀가 서울로 떠난 다음, 어쩌면 그녀를 다시 만날 수 있으리라는 기대를 나는 일단 접었다. 그러나 그녀에 대한 생각은 사라졌다는 것은 아니었다. 그녀가 떠난 얼마 동안은 서운했다. 연락처라도 알아내려는 적극적인 행동도 하지 못헌 것이 후회스러웠다.

방학이 되면 혹시 오지 않을까 하는 기대를 버리지 못했다. 은철이한테 물어 봐도 돌아오는 대답은 모르겠다는 답뿐이었다. 서울 애들은 방학이 되어도 우리 시골 애들처럼 집에서 놀지 않는다는 말만 들려주었다.

내가 은주를 다시 만난 것은 고등학교 졸업반이 되는 구정 때였다. 사촌 오빠 은철네 집으로 그의 집안 친척들이 모였을 때였다. 어른들이 계신 은철네 집으로 나도 세배를 갔는데 색동저고리에 비취색 치마차림의 그녀가 나타났다.

새하얀 피부에 가냘픈 얼굴, 초롱초롱 빛나는 눈망울, 치렁치렁 땋아 내린 갈색 머리, 완전 숙녀였다. 시골 여학생들과는 비교가 안 되었다. 어느 영화에 나오는 미녀 차림새였다.

"아, 성수 오빠. 안녕하세요?"

"아 이게 누구야?"

나는 앞에 있는 사람이 은주인지 의심했다.

그녀가 어른들 앞에서 날 보고 부르지 않던 오빠라니 혼란스러웠다. 그렇게 인사를 나누고, 우물쭈물 정신없이 세배를 마치고 나왔다. 황망히 툇마루에 걸터앉았다.

그런데, 그때 거짓말같이 그녀가 나타났다.

"무얼 먹고 가야지. 들어가 이쪽 방으로."

은철이가 뒤따라와 가리키는 방으로 우리는 들어갔다. 그녀와 은철이는 무슨 이야기를 나눈 것 같았다. 알아들을 수 없었다. 그러다가 은철이가 먹을 것을 챙기려 밖으로 나갔을 때였다. 나는 나도 모르게 그녀를 향해 떨리는 목소리로 불렀다.

"저기요."

"예?"

그녀가 대답하자 나는 어디서 나온 용기인지 다짜고짜 말을 꺼냈다.

"오늘 저녁 때 잠깐 만날 수 있을까요."

그녀는 의외라는 눈빛으로 나를 바라보았다.

"이따 여섯 시에 학교 운동장에서 좀 만날까요. 할 얘기가 있어서."

그녀에게 나는 자연스럽게 존댓말을 썼다. 그녀는 곧바로 대답하지 않았다. 다시 한번 물었다.

"이따 여섯 시, 학교 운동장 그네에서 기다릴게요. 하고 싶은 말이 있어서."

그러자 그녀의 얼굴이 빨개졌다. '그래요.' 라고 작은 소리가 들렸다. 그러자 은철이가 과일 접시를 들고 들어왔다. 그녀와 대화는 끊겼다.

그녀와 만남은 그렇게 이루어졌다.

내가 서울 생활에 대해 많이 물었다. 그녀는 자세히 답해주었다. 눈빛으로도 적지 않은 이야기를 주고받았다. 그리고 나는 앞으로의 포부를 말했다. 법관의 꿈을 이루어 보겠다고 할 때. 그녀는 눈을 동그랗게 뜨고 자기 이모 이야기를 꺼냈다. 이모가 사랑했던 남자는 법대생이었다. 그는 허약한 몸으로 폐병을 앓고 있었다. 사람들은 그가 법관이 되기 전에 죽을 것이라 했다. 당연히 집안에서는 이모의 사랑을 용납할 수 없었다. 스물세 살 나이에 이루어질 수 없는 사랑으로 이모는 스스로 목숨을 끊었다. 그러나 이모가 죽은 뒤에 남자는 죽지 않았다. 살아서 법관이 되었다. 그리고 다시 얼마 후에는 국회의원이 되었다. 나는 그녀의 이야기를 집중해서 들었다.

그날 우리는 학교 운동장 옆 그네에 나란히 앉아 시간 가는 줄도 모르고 이야기를 주고받다가 헤어졌다.

바래다주려고 은철네 집 앞에 다다르자, 서성거리며 기다리는 그녀의 어머니를 보았다. 작별 인사를 할 겨를도 없이 그녀는 어머니 쪽으로 달려갔다.

그녀를 다시 만나기로 약속하지 못한 아쉬움이 컸다. 뜬눈으로 밤을 보냈다.

다음 날 저녁, 나는 무엇에 이끌린 듯 학교 운동장으로 갔다, 그네에 앉아 그녀와 나눈 이야기를 생각하고 있을 때, 그녀가 나타났다. 꿈만 같았다.

"어떻게 나왔어?"

나의 목소리는 떨리고 있었다.

"혹시나 해서 나왔는데 오빠도 나왔네."

나는 반가워서 하마터면 그녀를 덥석 껴안을 뻔했다.

"오늘은 얼굴만 보고 일찍 돌아가야 해요, 어머니한테 꾸중 들어요. 참, 그리고 내일 아침 서울 올라가요."

전혀 생각지 못한 일이었다. 그녀가 막 일어서는 순간, 나는 가슴에 품고 왔던 책을 꺼내 내밀었다. 괴테의 젊은 베르테르의 슬픔이었다.

"독서도 좋아한다고 했지? 이 책 빌려줄게."

그녀는 잠시 망설이더니 두 손으로 책을 받아 들었다. 나는 엉거주춤 서서 할 말을 찾지 못했다. 작별 인사도 떠오르지 않았다. 그녀가 어둠 속으로 사라져가고 있을 때 나는 얼어붙은 듯 서 있었다. 그런데 저만큼 가던 그녀가 갑자기 돌아서서 나에게 달려왔다. 그리고는 나의 목을 껴안고, 느닷없이 입을 맞췄다. 갑작스런 그녀의 행동에 당황했다. 그녀의 입술에선 알 수 없는 꽃향기가 났다.

나는 어쩔 줄 몰라 쩔쩔맸다. 가슴은 쿵쾅거리고 어떻게 해야 할 지 돌처럼 굳어있었다. 얼마나 지났을까 그녀는 몸을 떼는가 싶더니 내 귀에다 속삭였다.

"오빠 사랑해. 잊지 않을게."

그리고는 나의 등을 두드리더니, 내가 준 책을 가슴에 품고 멀어져 갔다. 그날 그녀의 입술에서 나던 향기는 사라진 적이 없었다. 오래도록 그 향기를 내 마음 깊은 방에 가두어 놓았다.

토요일 오후 늦게 선임하사의 특별한 주선으로 부대 밖으로 나왔다.

 나는 아직도 누가 나를 면회온다는 것이 믿어지지 않았다. 마치 다른 사람에게 면회온 여자를 만나러 가는 기분이었다.

 "너 먼저 제일 여관에 가 있어."

 부대 옆은 손바닥처럼 빤한 마을이었다. 면회자를 위하여 몇 곳의 여관이 있었지만 제일 여관이 그래도 깨끗하다는 말을 들은 적이 있었다. 토요일이라 다른 면회자들도 있고 영외 거주 장교나 하사관들도 만날 것 같았다. 여자와 함께 돌아다니면 금방 눈에 뜨일 것이다.

 "저녁도 거기서 시켜 먹고 밖으로 나오지 마. 좁아 빠진 동네 구경할 데도 없으니까. 내가 버스 정류장에 가서 너의 애인 오면 보낼게."

 "네."

 "내일 아침 오전 중에 부대 들어가는 것 잊지 말고."

 나는 방을 잡고 들어앉았다. 방안에는 잘 개어진 이불과 요, 그 위에 베개가 둘 놓여 있었다. 생각대로 깔끔했다. 또 다른 생각들이 떠올랐다. 여관비도 없는데 혹시 그녀가 오지 않는 것은 아닐까. 오는 중간에 무슨 사고는 없을까. 우리가 꼭 만나야 할 일도 없는데, 지난주 어쩌다 마음먹고 왔다가 생각이 달라진 것은 아닐까. 벌써 다섯 시가 가까워오는데 이러다 정말 오지 않는 게 아닐까 하는 생각들이 자꾸만 커져갔다.

 바깥은 이미 어둑어둑해지고 있었다. 나는 자꾸 방문 쪽으로 눈이 갔다. 방문 앞을 오가는 발자국 소리에 가슴이 두근거렸다.

은주는 내가 기다린 지 거의 한 시간이 지나서 나타났다.
복도에서 발자국 소리가 나더니 여자의 목소리가 들려왔다.
"성수 오빠!"
그녀의 목소리였다. 궁금한 마음속에도 왠지 한순간 몸이 굳어지고 있었다.
"예, 잠시만요."
자리에서 일어나 고칠 것도 없는 옷매무시를 만지고 빠끔히 문을 열었다.
틀림없는 그녀였다. 그런데 예전과 비교할 수 없을 만큼 화사하고 성숙한 모습이었다. 그녀는 한참 유행하는 베이지색 코트를 걸치고 있었다. 체크 재킷에 청바지를 입고 긴 부츠를 신고 있었다.
"어서 들어와. 여기까지 오느라고 고생 많이 했지?"
가슴에 안고 있는 책과 핸드백을 놓고 한 손으로 벽을 잡고 선 채, 허리를 구부리고 부츠를 벗었다. 부츠를 벗느라 소매가 당겨 올라가자 손목에는 황금빛을 내는 비싼 가격의 손목시계가 감겨 있었다.
"몰랐어. 네가 올 지는 ……. 여기서 기다리며 넌지 아닌지 긴가민가했어."
"왜 나는 면회오면 안 돼?"
"아니. 그런 건 아니지만, 뜻밖이야."
"왜, 정말 애인이 아니어서?"
"아무리 생각해도 올 사람이 없는데 누가 왔다니까."
"그게 나라는 걸 어떻게 알았어?"

"위병소에 물어가지고."
"그냥, 오빨 꼭 한번 보고 싶어서."
안으로 들어서자 그녀는 두 팔을 벌리고 나에게 달려들어 껴안았다.
그녀의 행동에 나는 왠지 낯설었다. 그녀는 나의 마음을 충분히 짐작하고 있는 듯했다.
"그런데 내가 여기 있는 걸 어떻게 알았어?"
"은철이 오빠한테 들었지. 지난 여름 군대 갔다고. 아버지의 성화로."
사실 나는 사법고시에 두 번이나 낙방했다. 아버지는 두 번이나 떨어지면 이제 포기하라고 하셨다. '너와는 운이 맞지 않는다' 하시며, 학비고 뭐고 댈 수 없다고 강력하게 내세워 나를 군에 입대시켰다.
"쓸데없이."
그리고는 한참 동안 말이 없었다.
"아니 벌써 일곱 시가 넘었네."
대체 은주가 어떤 변화가 있는 걸까? 그리고 오늘 면회 또한 어떤 관계가 있는 걸까?
"오빠 배고프지? 군대 밥은 먹으나 마나라던데."
"먹고 싶은 거 말해, 내가 사줄게."
"아무거나."
"그래도."
"난 괜찮아 아무거나 좋아."
"그럼 내가 나가 알아보고 시키고 올게."

174

잠시 후 돌아온 그녀는 여관 주인에게 물으니 이곳은 배달되는 곳이 중국집과 한식집 한곳이 배달된다고 해서 불고기백반을 시켰다고 했다.
 "괜찮겠지?"
 "괜찮아. 먹으러 나온 거 아니니까."

 그런 식으로 저녁을 먹은 다음 커피도 시켰다. 커피는 안마시면 어떠냐고 하자 그녀는 밥은 안 먹어도 커피는 마셔야 된다고 했다.
 "커피 어느 방에서 시켰어요?"
 "여기요."
 차를 배달 나온 여자는 여관 주인으로부터 그냥 커피 두 잔 소리만 듣고 왔다. 내가 문을 열어주자, 안에 여자가 있다는 것을 보고 조금은 의아한 얼굴을 했다.
 "난 또, 아저씨들이 심심해서 사람을 불렀나 했더니."
 여자는 방으로 들어와 보자기에 싼 쟁반을 풀어 놓았다. 커피를 타며 구석에 놓아둔 핸드백과, 책과 은주의 얼굴을 몇 번이고 번갈아 쳐다보았다.
 "학생인가 보시네?"
 여자는 부러운 듯이 자기의 처지를 한탄하는 얼굴이었다. 여자가 잔에 프림과 설탕을 넣으려하자 은주는 자기 것은 그냥 두라고 했다.
 "그렇게 마시면 속이 안 좋은데."
 "괜찮아요."

여자가 말하고 은주가 말했다.
"애인 면회왔나 봐. 참 좋겠다."
"예."
"아서씨는 좋겠다. 이런 예쁜 아가씨가 애인 이셔서."
우리는 커피 잔을 비웠다. 여자가 쟁반을 싸자 은주가 커피 값을 지불했다. 여자가 나가자 다시 대화가 끊겼다. 짧은 시간이지만 차라리 낯선 여자와 있는 것이 더 편할 것 같았다.
"우리 맥주 한 잔 마실까?"
"알잖아 나 밖에 나갈 수 없는 거."
"그럼 내가 나가 사 올게."
"많이는 못 마셔, 내일 아침 부대에 들어가려면."
은주는 방문 밖에 놓인 슬리퍼를 끌고 밖으로 나갔다. 어쩌면 술 한 잔 마시는 게 나을지도 모를 일이었다. 술기운을 빌어 나도 묻고 싶은 게 있을 서고. 그녀도 하고 싶은 이야기가 있을 것이다. 외국 유학 가는 것도 묻고 싶었다.
그녀가 무슨 말을 하려고 할까. 예전과 달라진 제 모습만 보이고 싶어 먼 길을 온 것은 아닐 것이다.
밖에 나갔던 그녀는 금방 돌아왔다. 검정 비닐봉지에 세 병의 맥주와 구운 오징어, 종이컵을 사왔다.
"오빠 맥주 좋아해? 우리 지금까지 맥주같이 먹어본 적 없지?"
"받아, 처음으로 따라 주는 술이야. 언제 또 만날지는 모르지만 ……."
이런 모습은 생각지 못했다. 갑자기 언제 또 만날지도 모른다는 말은 무슨 뜻인가를 생각하며 나는 하얀 종이컵을 묵묵히 내밀었다. 그녀가 따라 주는 컵을 받았다. 하얀 거품이 솟아올랐다. 그리고 병을 받아 은주의 컵을 채워 주었다.

"정말 오빨 꼭 보고 싶었어. 오빠 나 좋아했지?"

"……."

"말 해봐."

내가 우물쭈물 말이 없자, 그녀는 다그치듯 물었다. 컵은 내가 먼저 받았는데 비운 건 그녀였다. 나도 컵을 비우고 서로의 컵에 맥주를 따랐다. 하얀 거품이 일더니 곧 사그러졌다.

"오빠가 지금 나를 이상하게 보고 있는 거 알고 있어."

그 말을 듣고 나는 할 말이 없었다. 그녀의 얼굴을 바로 볼 수가 없었다.

이번엔 내가 먼저 컵을 입으로 가져갔다.

"다음 달 초 나 미국 가. 결혼하러. 그래서 오빨 마지막으로 보러 온 거야. 거기 가면 언제 올지 모르고"

"결혼?"

나는 깜짝 놀랬다. 결혼이라니.

"응 미국에 있는 교포 2세 사업가래. 아버지 성화에 빨리하게 됐어. 놓치면 후회할 거라고."

"만난 지 얼마나 됐는데?"

"한 삼 개월 됐어. 아버지 모임인 실업인 모임이 호텔에서 있었는데 내가 거기서 피아노 세 곡을 연주했거든 내 모습을 보고 자기 아버지한테 결혼시켜 달라고 떼를 썼다나 봐."

"그래서?"

"아버지도 그쪽 아는 분 소개를 받고 응하셨나 봐. 힘겨운 아빠 사업에 그쪽의 도움도 많이 받고. 나를 꼭 피아니스트로 키워준대."

"너 어릴 적부터 피아노 쳤지? 우리들 다니던 학교에도 피아노가 없어서 풍금으로 노래 부를 때 너희 집엔 피아노가 있었지?"

"그래 맞아. 아빠 성화로 피아노 연습을 밤낮으로 했지. 고등학교를 거쳐 대학에서도 피아노를 전공하고 있으니까. 그런데 아까 커피 마실 때 날 이상하게 봤을 거야. 설탕도 프림도 넣지 않고 마시니까. 난 그렇게 늘 마셨어. 피아노 연습을 밤낮으로 하며 마신 거야. 피아니스트가 되려면 잠을 이겨야 한다고. 커피 맛도 모르면서, 머리가 맑아진다고 아무것도 안 넣고. 아버지가 구해온 외제 커피였어. 그러다 보니 커피 중독이 된 것 같아."

"그리고 내 몸 중 제일 부끄러운 데가 어딘 줄 알아?"

"어딘데?"

"오빠 술이 약하네. 맥주 두 잔 마시고 얼굴이 빨갛게 되었어. 나 보고 천천히 마시라더니."

나는 비운 잔에 맥주를 따라 채웠다. 하얀 거품으로 넘쳐났다. 그러자 그녀가 자기 잔은 자기가 따라 마시냐고 물었다. 나는 그것이 편해서 그렇다고 말했다.

"부끄러운 데가 어딘데?"

"손, 나의 손이야."

"손?"

그리고 보니 아까부터 그녀의 손을 제대로 못 본 것 같았다. 식사를 하면서도 맥주를 마시면서도 그랬다. 내가 무심히 본 탓도 있었지만, 지금 보니 그녀의 황금빛 시계가 감겨 있는 오른쪽 손이 둔한 것 같았다. 끝이 구부려져 있었다. 보이는 건 작고 하얀 손등뿐이었다.

"보여 줘봐?"

"내가 손을 내밀어 보여 주는 건 싫어. 내가 컵을 잡을 때라든지 무엇을 잡을 때 봐. 정상이 아니지. 이제 감추려 하지 않을 테니까."

그러면서 그녀는 맥주가 남은 컵을 입으로 가져갔다. 그래서 나는 바라볼 수 있었다. 오른쪽 손끝이 구부려져 있었다.

"내 눈엔 예쁘기만 하다."

"자세히 봐. 마디마디에 관절염 류마티스가 생겼어. 마비가 왔어. 가끔 아프고 쑤셔. 만져 봐. 이제 피아노도 칠 수 없어"

"오빨 만나러 오는데 그냥 친구라면 몇 시간 만나고 돌아가게 할 것 같고, 그래서 애인이라고 말한 거야. 유학 간다는 얘기를 한 것도 아까 만난 분한테 그렇게 말해야 빨리 보게 해주지 않을까 싶어 그렇게 말한 거고. 미국 가면 결혼해서 손 치료받고 언제 올지 모르고 또 아주 안 올지도 몰라"

그녀는 울고 있었다.

"오빠, 나 안아줘. 그러면 미국 가서 힘낼 거야."

어쩌면 그녀는 나를 방안 깊숙이 가두고 있었다.

어디선가 피아노 소리가 들려왔다.

그녀의 아름다운 손이 하얀 건반 위에서 높낮이를 오가며 사라졌다 나타났다.

그녀의 방 (2)

이제는 타인이 되어
창문은 닫히어 어둠이 되고
아픈 사랑이 되고
작은 창문으로 햇빛이 들면
당신 곁으로 달려가
소리쳐 부르고 싶은
아픈 가슴은 무엇인가.

은주에게 온 전화로 나는 며칠 동안 잠을 설쳤다. 꿈을 꾸듯 몽롱한 하루하루였다 잎사귀들이 바스락거리며 소리를 내고 있었다. 다른 사람들도 추억 때문에 이런 고통을 겪을까. 아니면 나에게만 있는 현상일까. 뭐라고 말할 수는 없지만, 그녀는 세월이 흘러가도 변하지 않는 내 추억의 방 깊숙이 붙박이로 붙어있다.

그렇다. 그녀는 내 방 속 깊숙이 자리 잡고 있었다. 잠시도 나를 떠나지 않은 게 분명하다. 아니 어쩌면 내 방 속에서 그녀를 놓아주지 않았다. 초롱초롱 반짝이는 눈, 찰랑거리는 갈색 머리, 뾰족한 코, 가냘픈 얼굴. 예쁜 미소. 그녀는 내 방 한 모퉁이에서 끈질기게 숨어 자리 잡고 있는 것이 틀림없다.

　재미 교포와 결혼하여 미국에서 피아니스트가 되고 얼마나 행복하게 살고 있을까.

　어릴 적 그녀의 집에서 들려오던 피아노 소리에 서성거렸던 나. 서울로 이사하여 구정 때 만나 학교 운동장에서 나누던 이야기. 사랑한다고 내 품에 안겨 고백하던 목소리, 그 향기. 내가 군에 있을 때, 미국으로 떠나기 전 내 얼굴을 보겠다고 부대까지 찾아온 일. 언제 올지 모르고 아주 안 올지 모른다고 힘이 되게 안아 달라던 그날 밤.

　얼마나 변했을까. 어떤 모습일까. 별의별 생각이 다 떠올랐다.

　그녀는 왜 날 찾을까. 나에게 어쩌자고 연락이 왔을까. 사실 내 생애에 그녀를 다시 만나게 되리라는 희망은 거의 없었다. 나는 그녀를 까맣게 잊고 지냈다. 공부에만 매달렸다. 사법고시에 합격하겠다고 시험 준비에 불철주야 눈에 불을 켜고 매달렸다.

　군에서 제대한 나는 복학 등록 5일을 앞두고 있었다. 가난한 우리 집에서는 아들 대학을 보내겠다는 대책이 없었다.

　내가 공부를 계속하겠다고 말씀드렸더니 부모님께서는 극구 반대하셨다. 아버지는 더하셨다. 고시에 두 번씩이나 낙방했으니, 공무원 시험이나 봐서 면사무소라도, 군청에라도 들어가라고 하셨다. 그러면 우리 세 식구가 시골에서 함께 사는 것이 얼마나 좋으냐는 것이었다. 그리고 곧 장가를 가면 더욱 좋지 않겠냐는 말씀만 하셨다.

지난 2년간, 하나 있는 아들을 서울로 대학을 보내고 뽐내셨던 아들 자랑도 이제 지치셨다. 뒷바라지에 힘드셨던 모양이었다. 부모님의 반대를 계속 설득했으나, 허사였다. 며칠을 굶으면서까지, 이번민 등록금을 마련해 준다면 앞으로는 내가 해결하겠디고 애원하였으나, 끝내 아버지를 설득하지 못했다. 옆에 계신 어머니는 얘야 얘야를 거듭하시면서 눈물만 흘리셨다. 이웃 동네에 사시는 삼촌까지 함께 하여 아버님께 간청하였으나 허사였다. 나는 지쳐서 포기하고 말았다.

무작정 서울로 올라갈까. 별의별 생각이 떠올랐다.

등록금 납부일은 다가오고 있었으나, 별다른 대책이 없었다. 문득 떠오르는 것이 있었다. 집에 있는 소였다. 집에서 기르고 있는 암소가 떠올랐다. 누구는 소를 팔아 등록금을 냈다는 이야기를 들은 적이 떠올랐다. 그런데 어떻게 판단 말인가. 아버지는 소한테 추울 때나, 더울 때나 철을 가려 얼마나 마음을 쓰시는가. 외양간을 바라보았다. 소는 누워 무엇을 씹는지 새김질이 한창이었다.

소를 파는 것이었다. 장날에 끌고 가 파는 것이다. 마침 장날 부모님께서는 일가친척 결혼식에 가신다고 일찍 나가셨다.

나는 옷을 갈아입고, 가방을 챙기고 외양간에 있는 소를 끌고 집을 나섰다. 장날이라 오가는 동네 사람들의 눈에 띨까 걱정도 되었다. 우시장은 시장에서 떨어진 변두리에 있었다. 아직 이른 시간이라 여기저기서 소들이 모여들고 있었다. 나는 소를 말뚝에 매어 놓았다. 어떤 소는 구원의 눈으로 나를 바라보고, 어떤 황소는 무엇을 알아차렸는지, 주인의 채찍을 맞으며 오줌까지 싸며 끌려 들어오고 있었다. 어미 소는 음매 음매로 송아지를 부르고, 정오가 가까워지자 우시장에 사람들이 모여들었다. 중개인들의 큰 소리에 붐비기 시작했다.

마음이 조마조마했다. 금방이라도 아버지가 화를 내시며 나타나실 것만 같았다. 한참을 기다리는데 어느 분이 오시더니 우리 소등을 쓰다듬으며 욕심을 내는 것 같았다. 그리고는 주인을 찾았다. 제가 주인이라며 그분의 손을 잡고 형편이 여의치않아 팔겠다고 이야기했다. 잠시 후 중개인이 나타났다. 중개인이 매긴 값에 따라 소 값이 어떻게 되는지도 모르고 나는 소를 팔았다.

아버지가 고함을 지르며 어머니가 내 이름을 부르며 달려오실 것만 같았다. 막상 소고삐를 넘겨주려는데 고삐를 놓을 수가 없었다. 소도 이별을 고하듯 눈을 껌뻑이며 눈물을 흘리고 있었다. 쏟아지는 눈물을 참지 못했다. 소 값을 들고 역전으로 달음질쳤다. 부모님이 내 앞에 나타나실 것만 같았다.

헐떡거리며 제일 먼저 오는 서울행 열차에 올랐다.

부모님께서 집에 오셔서 텅 빈 외양간을 보시면 마음이 어떠실까. 우리 집 재산 목록 1호가 없어졌으니, 얼마나 허전하실까 농사일은 어떻게 하시며, 무슨 낙으로 사실까. 아버지의 노하심에 어머니는 얼마나 시달리실까. 가슴이 찢어지듯 미어져 왔다. 돌아갈까.

어둑해질 무렵 서울역에 도착했다. 서울로 이사 온 은철네 집으로 갔다.

은철네는 작은 가구점을 하고 있었다. 밤늦게 찾아온 나의 형편을 아셨는지 은철이 부모님께서도 반가워하시면서 묵혀두었던 방 하나를 내주셨다. 그날 밤 나는 그곳에 누워 생각하니 꿈인지 생시인지 내 자신도 가늠할 수 없었다. 가슴이 두근거렸다. 뜬눈으로 밤을 새웠다.

 등록 마감일에 은철이와 함께 은행에 가 등록금을 납부하고 나니 마음이 허전했다. 내 모습에서 무엇을 알아차렸는지 은철이는 그날 점심을 샀다.

 그리고는 사촌 여동생 은주가 재미교포 사업가에게 시집을 갔다는 얘기를 들려주었다. 결혼식도 미국에서 하여 자기도 참석하지 못하여 아쉽다고 했다. 그 소식을 듣는 순간, 더욱 마음이 아팠다. 나는 은철이 말이 그녀에 대해 궁금해 하지 말라는 뜻으로 알았다. 이제는 포기하라는 신호로 알았다. 만나서 알게 되고 사랑하고, 그리고 헤어져 버리는 것이 인간의 슬픈 운명이라 했던가. 설움이 북받쳐 올랐다. 고향을 향하여 부모님한테도 불효자를 용서해 달라고 마음껏 울고만 싶었다. 사법고시에 꼭 합격하여 보답하겠다고 외치고 싶었다.

 등록금을 납부하고 남은 돈은 은행에 예치했다. 은철네 집에 빌붙어 학교는 다니게 되었다. 이 넓은 서울에 내 한 몸 붙일 곳이 없다니 서글프기 한이 없었다. 오직 공부뿐이다. 열심히 노력하여 고시에 합격하는 것뿐이다. 사법 시험에 합격만 하면 만사가 형통할 거라고. 주먹을 쥐고 다짐했다.

 어느덧 한 학기가 끝나고 여름방학이 되었다. 집이 그리웠다. 고시에 합격할 때까지 고향에 가지 않겠다고 다짐하면서도 집이 그리웠다. 나는 뻔뻔함을 무릅쓰고 부모님을 찾아 고향길에 나섰다. 염치불구 하고 대낮에 마을에 도착했으나, 막상 집에 들어갈 수가 없었다.

뒷산에 올라가 낯익은 넙적바위에 앉았다. 지난날들이 떠올랐다. 왠지 서글프다는 생각이 들었다. 마을 한가운데서 북적이던 초등학교 운동장. 단상에 올라 우등상을 받던 모습도. 학교는 큰 나무로 둘러싸여 조용했다. 은주네가 살던 붉은 양철 지붕이 보이고 그 옆에 우리 집, 파란 스레이트 지붕이 초라하게 보였다. 저 지붕 밑에는 부모님이 계시다. 나를 따뜻하게 맞아주는 어머니도 계시다. 친구들이 떠올랐다. 그들은 지금 무엇을 하고 있을까 마을을 바라보며 해지기를 기다렸다.

해가 서산을 넘고 어둑어둑해지자, 꿈에도 그리던 집을 찾아 들었다.

집안에 들어서 한참을 망설이다, 문을 두드렸지만 아무런 기척이 없었다. 아버지 아버지, 어머니 어머니를 연거푸 불렀다. 그래도 아무 기척이 없었다. 나는 다시 큰소리로 "성수가 돌아왔습니다. 불효막심한 아들 성수가 돌아왔습니다."를 흐느끼며 외쳤다. 이때 안방에 계시던 어머니께서 내 목소리를 들으시고 맨발로 뛰어나오시더니, 내 어깨를 감싸 안았다. 어머니의 품에 안겨 나는 한참을 울었다.

"아이고 내 아들, 얼마나 고생했냐? 나는 네가 밤중에 왔다가 그냥 갈까 봐 네가 떠난 후 한 번도 문을 잠그지 않았다. 얼마나 고생 많았냐? 이 자식아!"

어머니는 대성통곡을 하시었다. 천천히 방안을 둘러보니, 깜짝 놀랐다. 어머니가 하루같이 기다리던 방안엔 라디오도 책들도 모두 그대로였다.
"나는 너 같은 자식 없다. 썩 없어져라."
하셨던 아버지께서도 나의 용서를 받아주셨다. 그날 밤 비로소 무거운 짐을 벗어 놓은 듯이 마음이 편했다.

약속한 날이 가까워지자, 은주를 다시 만나게 된다는 설렘으로 상기되어 있었다. 그녀는 잘 살아왔을까. 어떻게 내 연락처를 알아냈을까. 어떤 계기가 작용한 것일까. 그녀도 나처럼 깊숙한 방에 나를 가둬놓고 있을까. 여러 가지 생각이 엉켜들었다.

충무로 K호텔 커피숍으로 열한 시까지 오세요. 은주에게서 문자가 왔다. 얼마나 변했을까. 어떤 모습으로 나타날까. 미국으로 시집가더니, 결혼 생활에 문제는 없는 걸까. 손에 있었던 류마티스도 치료받고 피아니스트가 되었을까. 별별 생각을 다 하면서 달려갔다.

커피숍으로 들어섰다. 사람들은 많지 않았다. 안을 둘러보았으나 은주라고 짐작 되는 여인은 찾을 수가 없었다. 주로 젊은 이들이 이야기꽃을 피우고 있었다. 아직 오지 않은 것이 분명했다. 나는 창가 쪽 빈자리에 앉아 창밖을 바라보았다.

은주가 나타났다. 그녀의 모습은 많이 변해 있었다. 그래도 알아볼 수 없을 정도로 변한 것은 아니었다. 이목구비는 여전하고 머리를 길게 늘어뜨려 꼭 아가씨 같은 아름다운 모습이 풍겼다. 갈색 코트에 베이지색 투피스 차림. 약간 짙은 화장, 기대했던 것보다 화려한 느낌을 주고 있었다.

"아이고 오랜만이네요. 죽지 않고 사니까 만나네요."

그녀의 목소리는 옛날의 아리땁던 목소리가 아니었다. 중년 여인의 굵은 음성이었다.

"얼마 만이야. 이게 그간 어떻게 지냈어?"

가슴이 두근거렸다. 나의 눈은 지난 세월을 찾으려고 그녀의 모습을 훑고 있었다.

"오빠는요? 옛날 모습 그대로네."

그녀도 나의 모습을 훑고 있었다. 그녀는 뜻밖으로 담담했다. 마치 자주 만나는 사람을 대하듯 하는 그런 표정이었다. 사람을 대하는 일이 너무나 자연스러웠다. 옛날의 은주 모습이 아니었다. 마주 앉자마자 그녀는 커피를 시켰다. 블랙커피였다. 설탕 없이 마신다는 블랙커피. 십여 년 전 군에 있을 때 면회 온 그날의 추억이 아련한 그리움으로 그려지고 있었다. 가슴이 막막해지는 것을 느꼈다. 우리는 그동안 살아온 일들을 하나하나 묻기 시작했다.

"미국 생활은 어때?"

"미국에서 돌아왔어요. 오래됐어요."

"아, 그래!"

나는 놀랬다. 그러나 더 이상 묻지 않았다.

"애들은 몇이나?"

"딸 하나. 오빠는 어떻게?"

나는 갑자기 쓸쓸해졌다 허전한 마음을 어쩌지 못하고 작은 한숨을 쉬었다.

"아직 혼자야."

"예? 결혼을 안했어요?"

그녀는 놀랬다. 안타깝다는 표정을 지었다. 나는 딱히 할 말이 없어 우물쭈물 하다가 대답을 포기했다.

"그린데 왜 지금까지 결혼을 안 한 거예요? 너무 고르는 거 아니에요?"

그녀가 기어이 다시 물었다.

"글쎄. 어쩌다 보니까 그렇게 됐어."

가슴 속에서 야릇한 감정이 솟아올랐다. 그러나 지금 와서 그런 감정이 무슨 소용이 있을까. 나는 말문이 막혔다.

"그럼, 제가 늦장가라도 보내드려야겠네요."

그녀가 안타까운 표정으로 웃으며 말했다. 왠지 하얀 이빨을 드러내며 갑자기 웃을 때, 나는 갑자기 섬뜩함을 느꼈다. 그녀를 방속에 가두어 놓고 지내온 내가 바보가 된 것 같은 느낌이 들었다.

사실 나는 그녀를 잊고 지냈다. 나와 그녀 사이를 시간은 놀랄 만큼 바꾸어 버렸다. 나는 공부에만 매달렸다. 장학생 자리를 뺏길 수 없었다. 학점 관리를 철저히 해야 했다. 장학금을 타지 못하면, 등록금을 내지 못하면 학교에 다닐 수 없었다. 그리고 고시에도 합격해야했다. 그러나 마음은 의지로 어찌할 수 없었다. 매일이다시피 고시 합격만 떠올랐다. 어떠한 일이 있더라도 고시에 합격하여 인정을 받는 것이었다. 인정을 받고, 칭찬을 받으며 촉망을 받아야 한다고 생각했다.

남달리 뜨거운 욕망을 가슴 깊이 품고 있기에 이성교제 같은 건 생각도 안했다. 그것이 현명한 행동이라 믿었다. 세 번째 시험에는 꼭 합격해야 한다고 하루에 네 시간 자는 것과 밥 먹는 시간 빼고는 책을 붙잡고 씨름했다.

 이따금 잠을 설치고 꿈을 자주 꾸었다. 설사가 나고 토하기도 했다. 때로는 열이 심하게 나기도 했다. 약해진 체력에 공부는 감당하기 힘들었다. 체력을 회복해라. 교수님들도 말씀하시고, 동료들도 권했다. 학기 사이로 석 달을 쉬었다. 석 달을 쉬었더니 언제 그랬냐는 듯이 몸이 거뜬히 나왔다. 꿈틀대는 희망을 가슴에 안고 2학기가 시작되었다.

 그러던 어느 날, 수업을 끝내고 현관에 나오자 빗줄기가 쏟아지고 있었다. 어쩌나 하고 주위를 살폈다. 여학생 하나가 바이올린을 들고 한쪽에서 비를 피하고 있었다. 화요일 끝 수업, 교양과 예술이라는 과목을 함께 듣는 여학생이었다. 그녀는 수업 시간에 창가 쪽 줄의 맨 끝에 앉아 강의를 듣고, 곧장 사라지는 학생이었다.

 그녀에게 다가갔다. 그녀는 쏟아지는 비를 보며 당황하는 기색도 없이 덤덤한 모습이었다. 뜻밖에 나를 보며 입을 열었다.

 "아무래도 금방 그칠 것 같지 않네요."

 그녀의 말에 당황했다. 나는 가방에 넣고 다니던 작은 우산을 꺼냈다. 그날 보았던 신문도 꺼내 그녀에게 주었다. 우리는 작은 우산으로 머리만 가리고 신문지로 바이올린을 쌌다. 그녀가 주춤주춤 따라왔다. 도서관 앞을 지나 교문 앞으로 갔다. 교문 앞 커피숍에는 만원이었다. 유리 벽 안의 학생들은 밖에 비오는 줄도 모르고 즐거운 표정으로 대화를 나누고 있었다. 얼마쯤 더 가니 제과점이 있었다.

"내가 차 한 잔 살까?"

제과점 앞에서 나의 말에 그녀는 망설이다가 따라 들어왔다. 실내에 들어서자, 옷에서 김이 모락모락 피어올랐다. 젖은 옷을 매만지며 우리는 자연스럽게 통성명을 했다. 그녀가 음악과 3학년 박지수라고 말하자, 나는 법학과 복학생 김성수라고 말했다. 나는 의아한 시선을 그녀에게 보냈다. 호감이 갔다. 눈빛에는 사랑의 빛이 가득했다. 끌리는 감정이 있었다.

빗발이 그쳤을 때 우리는 일어섰다. 그녀가 먼저 카운터에 가서 찻값을 지불했다. 나는 그만 당황하여 안 된다고 말렸으나 그녀는 선배님은 다음에 사달라고 했다. 우리는 다음을 약속하고 헤어졌다.

일주일 후, 같은 수업 시간에 다시 만났다. 수업이 끝나고 우리는 교문 밖까지 얼마쯤 걸었다. 내 손에 그녀의 바이올린이 들려있었다. 저녁 시간이 가까운 때였다.

"우리 저녁 먹고 갈까? 부대찌개 어때?"

"아 좋아요."

내가 묻고 그녀가 답했다. 학교 근처 부대찌개 식당으로 갔다.

그녀는 많이 들으라며 햄과 고기를 나에게 몰아주었다. 그리고는 왜 법을 공부하느냐. 어렵지 않느냐. 힘든 고시는 몇 번 봤느냐. 생활은 어떻게 하느냐 등을 물어 왔고, 자기 아빠도 시골에서 올라와 힘들게 공부하여 시내 모 대학의 교수라는 것도 말했다. 머리 회전이 빨라 보였다.

화요일이 기다려졌다. 수업 시간에 그녀가 내 옆자리에 앉는 것으로 보아 우리는 가까워졌다. 어떤 날은 그녀의 집 방향으로 함께 전철을 타고 가다가 그녀가 내리면 나는 계속 타고 자취방으로 돌아왔다.

그녀는 내가, 남의 이야기를 신중하게 들어줄 줄 알며 자상하다고 했다. 친오빠 같다고 하다가, 친오빠라면 좋겠다고까지 했다. 이게 무슨 의미가 담겨있을까 그녀는 나에게 활력소가 되었다. 어느 땐, 전철을 타고 가다가 이야기에 빠져 내릴 곳을 잊고 종점 가까운 역에 내렸다. 차에서 내려 우리는 어깨를 맞대고 팔짱을 끼고 손을 잡고 걸었다.

어둠이 깔려오고 가로등이 반짝일 때, 작은 공원의 벤치에 앉았다. 그녀가 내 얼굴을 들여다보며 생긋 웃었다. 윤곽이 도렷한 예쁜 얼굴 아름다운 미소, 그녀의 손이 머뭇거리며 내 볼을 쓰다듬었다. 내 코에도 입술에도 그녀의 손이 닿았다. 그러다가 바이올린을 꺼내 내 앞에서 '엘리자를 위하여'를 연주했다. 그러면 그럴수록 내 마음속에는 나도 모를 비장한 각오가 점점 굳세 지고 있었다. 나는 다시 돌아올 수 없고, 피할 수 없는 운명의 길을 달리고 있는 기분이었다.

뜻하지 않은 장소에서 지수의 운명이 바뀌었다.
"아이고 이거 배 사장 어쩐 일이요?"
9월 둘째 주 토요일에 그녀의 가족은 남산에 있는 호텔 로비로 들어섰다. 그녀의 어머니 생신을 축하하기 위한 식사 모임이었다.

"아이고 반갑네. 박 교수, 우리 교수님은 어쩐 일이요?"
배 사장과 지수 아버지 박 교수는 고등학교 동문으로 이따금 만난 적이 있었다. 그들은 반갑게 손을 잡고 물었다.
"가족 모임이 있어 왔지."
그가 10여 명이 모여있는 자리를 가리키며 말했다. 박 교수도 배 사장에게 아내와 아들 딸 지수를 소개했다.
"아니 박 교수. 아들 딸 훌륭하네. 외모도 빼어나 부럽습니다."
"고맙네."
배 사장은 박 교수의 딸, 지수를 바라보며 감탄을 쏟아냈다. 얼굴 윤곽도 또렷하고 똑똑해 보였다.
"딸은 지금 학생인가?"
"대학 졸업 반이네."
두 사람의 광경을 물끄러미 지켜보고 있던 배 사장 부친이 다가와 끼이들었다.
"애비야. 친구 사이냐?"
"저희 아버님일세. 인사드려."
"안녕하십니까? 회장님. 박 상훈이라 합니다. 배 사장으로부터 말씀 들었습니다."
"아 그래요. 나도 이렇게 만나 매우 반갑소. 다음 기회에 시간 만들어 또 만납시다."
박 교수와 헤어진 배 사장은 멀리서 지수를 하나하나 살펴봤다. 배 사장 부친은 지수를 보는 순간부터 가슴 속으로 감탄을 쏟아냈다. 중견 건설회사를 알차게 이끌어 가는 그는, 한 번 마음 먹은 것은 끝내 이루고야 마는 야무진 성격의 소유자였다.

그의 늦둥이 막내 아들 배우자로 설계를 하기 시작했다. 그는 아들 배 사장과 박 교수를 가까이하게 묶어 놓았다. 모든 곡식도 훌륭한 씨앗보다 씨앗을 가꾸는 밭이 기름져야 풍작을 이룬다. 사람도 바탕이 훌륭한 부모에게서 훌륭한 자손을 얻을 수 있다는 생각을 가지고 있었다.

그 후 일주일이 지났다. 배 사장은 박 교수를 만나, 저녁 식사를 함께하며, 저돌적으로 혼인 관계를 밀어붙였다.

"좋은 얘기인 줄 아오. 배 사장. 그러나 이 문제는 나 혼자 결정할 문제가 아닌 듯하오. 다음에 다시 얘기합시다."

간단한 대답을 남겨주고 집으로 돌아온 박 교수는 아내와 앉아 오늘 있었던 문제의 얘기를 꺼내 물었다.

"그래요? 당신은 어떻게 생각해요?"

아내는 반기는 듯한 표정이었다.

"글쎄, 나는 아직 어떻다고 말할 수 없소."

"당신 생각해 봐요. 어렵던 시절을 …… 비와 눈이 쏟아져도 새벽에 일어나 신문 배달을 하면서 허기에 시달리던 시절 잊었어요? 한 번 가난한 자는 가난을 벗기 위해 얼마나 고생을 하며, 한 번 상류층에 오른 자는 자자손손 상류사회에서 영화롭게 살지요."

"지수와 가까이하는 남자 친구가 있는 것 같은데, 시골에서 올라와 고시에만 매달린 형편이 어려운 학생이라던데."

"이 문제는 당신이 더 잘 알 것이오. 같은 여자이니까."

모든 것은 지수의 어머니가 결정했다. 지수는 식음을 전폐하며 거절했다. 그러나 그의 어머니를 이길 수 없었다.

어머니의 뜻으로 졸업을 앞두고 결혼을 한 지수는 하와이로 신혼여행을 갔다 온 날부터 시집살이에 들어갔다. 지수는 그날부터 창살 없는 옥살이였다. 엄격하고 엄중한 가정의 질서가 지수의 목을 조였다. 발소리도 작아야 했고 걸음걸이도 조심해야 했다. 숨도 마음 놓고 쉴 수 없는 지옥 아닌 지옥이었다. 오늘도 지수는 옷깃을 조심하고 앉아 성수와의 추억을 더듬으며 그와 함께 했던 곳을 찾고 있었다.

은주가 갑자기 화제를 바꿨다.
"우리 밥 먹으러 가요. 점심때가 되었네요."
그녀가 앞장서서 안내한 음식점은 호텔 앞 작은 한식집이었다. 돌솥밥 전문이라고 쓴 출입문을 밀고 들어섰다.
예약을 미리 해 놓은 듯, 홀 안쪽 구석에 있는 테이블로 안내되었다. 안내하는 아주머니는 미소를 지으며 금방 음식을 가져와 차려 놓았다. 반찬이 깔끔하고 정갈해 보였다. 나는 왠지 들떠있었다. 목이 탔다. 컵에 물을 따라 벌컥벌컥 들이켰다. 돌솥밥이 나왔을 때 그녀가 말했다.
"오빠 술 마실 줄 알지?"
내가 주저주저하자, 그녀는 거리낌 없이 맥주를 주문했다.
"술 마시는 여자 별로지요? 그런데 저 술 잘 마셔요."
그렇게 말하는 순간 나는 당황했다. 그녀가 낯설었다. 하지만 그게 싫거나 거부감이 들지는 않았다. 오랜만에 만났으니 그녀를 어떻게 알까.
밥을 먹기 시작하면서 우리의 대화는 구체적으로 오고 가기 시작했다.

 시골 학교 동창생 중에 돈 번 친구들의 이야기, 내가 고시에 낙방한 이야기. 집안 어른들이 세상 떠난 이야기

 밥그릇이 비워지고 내가 한 잔 마실 때, 그녀는 서너 잔을 마셨다.

 그리고 사촌 오빠 은철이가 밤늦게 술에 취한 채 길을 걷다가 음주 운전 차량에 치여 세상 떠난 이야기를 할 때 나와 그녀는 술잔을 바라보며 눈물을 흘렸다.

 은철이는 중소기업 사장이 되어 남들이 부러워했다.
 대학을 졸업하고 중견 기업에 입사하여 영업부에 근무했다. 그 후 꾸준히 노력하여 뛰어난 판매실적을 바탕으로 회사의 성장을 일으켰다. 따라서 업적을 인정받아 고속 승진도 했다. 그러던 중에 오너 사장이 건강이 나빠져 은철이에게 회사를 맡아 줄 것을 제의했다. 다만 운영자금 얼마를 제안 했다. 은철은 기회다 싶어 제의를 덥석 받아들였다. 살고 있는 아파트를 담보로 하여 운영자금도 마련하여 제공했다. 이제 조금만 더 기술을 향상하여 고부가가치 제품만 생산하면 일류 회사로 키울 수 있다고 자신했다.
 그는 의욕에 넘쳐 열정을 쏟았다. 제품의 질을 향상시키고 생산비를 절감했다. 이제 그는 좋은 제품의 생산에 힘쓰며, 영업 관리 등 제반 업무를 신경 써야 했다. 밤낮으로 회사에 매달렸다. 주기적으로 임원들과 만나 식사도 하고 술도 마시고 판매 전략도 세워야 했다. 그날도 저녁 늦게까지 임원들과 해외 판매

전략까지 협의하고 술에 취해 돌아오다가, 음주 운전 차량에 치여 세상을 떠났다.

왠지 서글프다는 생각이 들었다. 시골에서 소를 팔고 올라와 도움을 받으며, 학교에 다닌 것이 엊그제 같은데, 비참하게 세상을 떠나다니. 사람의 운명은 그렇게 예측할 수 없는 것인가.
나는 눈시울이 붉어졌다. 취기가 솟아올랐다. 그래서였던지 내 눈의 망막에서는 은주의 옛 모습이 그려지고 있었다. 여러 해의 긴 세월을 건너뛰고 있었다. 예전의 모습으로 돌아가고 있었다. 하얀 이를 드러내며 웃을 때는 더욱 그랬다. 옛날 학교 운동장에서 보았던 소녀 은주를 생각하며, 군에 면회를 왔던 은주를 그리며, 몽롱한 추억에 빠져들고 있었다.
"야, 최 여사."
누군가 큰소리를 치며 우리 곁으로 다가오고 있었다.
"야!, 너 최 맞지?"
삿대질을 하며 다가오고 있었다.
누구를 보고 그러는지 나는 홀 안을 둘러보았다. 사람을 잘못 보고 그러는 게 아닌가 싶어 둘러보아도 다른 쪽이 아니었다.
까무잡잡한 얼굴에 대머리, 굵은 목, 와이셔츠 단추가 터질 듯이 툭 튀어져 나온 배, 풀려진 허리띠. 언뜻 보아도 육십 정도 되어 보였다. 술이 과한 듯 눈이 풀려있었고 몸이 흔들리고 있었다.
은주는 놀란 눈으로 하얗게 질려 남자와 나를 번갈아 보고 있었다.

"너, 오늘 잘 만났다. 이게 얼마 만이냐? 응, 그래 그렇게 내 돈 떼어먹고 도망가서 그동안 잘 살았냐?"

나는 어찌할 바를 몰랐다. 자리를 피해야 할지, 내가 나서야 할지 말지를 결정하기 위해 은주의 얼굴을 살폈다. 모르는 사람이 행패를 부리면 멱살이라도 잡아야 할 판국이었다. 그런데 은주가 언제 그랬느냐는 듯 하얗게 질린 얼굴을 풀고 자리에서 일어섰다. 그리고는 남자의 손을 잡았다.

"박 사장님 아니세요? 정말 오랜만이네요. 저, 최 맞아요. 여기서 이렇게 만나게 되네요."

그러자 남자가 은주의 손을 뿌리쳤다. 남자는 더욱 의기양양해져 소리쳤다.

"야, 이년아. 어디에 할 짓이 없어 사기를 처먹어."

식당 안 손님들이 우리 쪽을 바라보고 있었다. 주방 안에서도 고개를 내밀고 우리 쪽으로 쏠려 있었다.

그때, 식당 주인인 듯한 뚱뚱한 중년 여자가 다가와 말 했다.

"사장님 많이 취하셨어요. 여긴 영업하는 장소니까, 저쪽 방에 가서 말씀 나누세요."

"그래요. 사장님. 다른 손님들도 계시니까 저쪽 방에 가서 이야기해요."

박 사장이라는 남자는 잠시 버티는가 싶더니 비틀대면서 식당 안을 둘러보았다. 그리고는 두 여자가 이끄는 대로 따라갔다. 은주가 나를 보며 빠르게 말했다.

"죄송해요. 여기서 조금만 기다리세요. 금방 올게요. 어디 가지 마세요."

은주와 식당 주인은 남자를 홀 안쪽에 있는 방으로 데리고 갔다.

방 안으로 들어간 남자는 바깥에서도 다 들릴 만큼 큰 소리가 들렸다. 욕지거리였다. 욕지거리를 몇 차례 퍼붓더니 이내 잠잠해졌다.

잠시 후 식당 주인이 방에서 나왔다. 나는 우두커니 앉아서 앞자리에 놓인 은주의 핸드백과 코트를 바라보고 있었다.

그녀의 방 (3)

너의 방은 그곳이 아니야
바람이 불 때마다
또 다른 몸짓으로 하늘을 날며
어리석게 잃어버린 젊음이여
아직도 떠나지 못하는
그녀의 방

우리는 식당을 나와 걸었다. 오가는 사람들 속에 묻혀, 앞서 거니 뒤서거니 어떤 말도 할 수 없었다. 얼마를 걸었을까. 충무로를 벗어나 명동 쪽에 이른 것 같았다. 내 얼굴에 비치는 실망감을 알았는지, 은주가 멈춰 서서 나를 쳐다보며 입을 열었다.
"조용한 곳에 가서 이야기나 더 할까요?"
억지로 웃고 있는 그녀의 얼굴을 보며 내가 대답했다.
"그럴까."
아닌 게 아니라, 걷는 동안 술이 다 깬 것 같기도 했다. 그녀는 이곳 주변에 익숙한 듯했다. 수제 맥주와 카페라는 간판이 걸려있는 이층 맥주집으로 나를 이끌었다. 대낮 오후에도 손님들이 꽤 있었다.

"많이 놀랬지요?"

구석진 테이블을 찾아 앉자마자 그녀가 기다렸다는 듯이 말했다. 나는 아무 말도 할 수가 없었다. 어떻게 대답할 수가 없었다. 놀랬다고 하면 그녀가 슬플 것 같고 괜찮다고 하면 내가 슬퍼질 것 같았다.

그냥 지난 세월이 멀고 아득하게 느껴졌다. 그녀의 삶에 대해 확실하게 아는 것은 없지만, 은주가 그동안 힘들게 살았구나 하는 생각이 들어 다시 한번 바라보았다.

은주 남편의 부모들은 큰 꿈을 갖고 60년대에 미국 땅을 밟았다.

그들이 미국 이민생활에서 처음 한 일은 닭 공장에서 닭을 다듬는 일이었다.

닭목을 치고 닭발을 자르고, 온종일 공장에서 일하며 생활 했다. 돈을 모을 수 있었다. 돈을 모을 수 있어, 다음은 세탁소를 차렸다. 아버지는 하루 12시간씩 일하며, 손님의 바지를 다렸고, 어머니는 헤어지고 뜯겨진 옷을 꿰맸다. 부지런히 일한 댓가로 워싱턴 근처의 한인 마트를 인수하고 마침내 주유소까지 손에 넣었다.

어엿한 재미 실업인의 틈에 낄 수 있었다.

그중에서 남매를 낳았다. 부모가 밤늦게 돌아와 아이들의 교육에 신경을 쓰지 못했다. 부모는 한국 문화권, 아이들은 미국 문화권, 사고방식의 차이도 생겼다. 그들은 열심히 돈을 벌어 자녀들을 좋은 대학에 보내고 남부럽지 않게 사는 일이 꿈이었다.

그런 생활 중에 아들은 말수가 적고 부모의 묻는 것에 반응이 거의 없어 이상히 느꼈다. 걱정했던 아들은 자폐증이 있다는 진단을 받았다. 부모들은 아들의 병을 주변에 알리지 않았다. 오히려 공부를 잘해 희망이 되었다. 딸도 명문대 프린스턴 대학에 합격해 주위의 칭찬을 받는 기쁨까지 얻었다.

그러나 아들은 누구에게도 말하기 힘든 부부의 그림자였다. 고등학교에 진학하자 같은 반 친구들은 이상한 눈으로 쳐다봤고 놀림과 조롱의 대상이었다. 대학에 진학해서도 외톨이로 지내며 겨우 졸업을 하고, 아버지와 함께 일했다. 그리고는 부모를 따라 교포 실업인 고국 방문단으로 서울에 왔다. 만찬장에서 피아노를 치는 은주를 보고 아들이 마음에 들어 하자 부모들도 나섰다. 주변 사람들에게 주선을 부탁하고 소개를 받았.

서울에 머무르면서 은주를 만났을 때도 말이 없었다. 표정도 없었다. 착해 보이고 순수해 보였다. 남자 쪽 부모들이 미국으로 돌아갈 날짜를 셈하며, 결혼을 서둘렀다. 은주 집에서는 이에 응하여 결혼이 이루어졌다.

그러나 미국에서의 신혼 생활은 악몽이었다. 남편은 가끔 괴성을 지르고 트집을 잡았다. 곧이곧대로 하면, 곧이곧대로 라고, 소탈하면 털털 맞다하고, 어떻게든 이유를 붙이고, 구실을 붙였다. 게다가 이따금, 돌아버린 눈, 그 눈은 아무것도 보이지 않는 눈이었다. 폭력을 경험했다. 팔목 인대가 늘어나고 따귀를 맞고 목도 졸랐다. 여러 차례 경찰이 왔고 변호사도 왔었다. 울고 울며 정작 정신을 잃은 건 은주였다. 맨발의 슬리퍼 차림으로 밤거리에 나가 극단적 선택도, 그러기를 몇 번이던가. 남편 부모들의 간절한 애원으로 넘길 수 있었다. 말이라도 통하는 동포들을 만나 호소하고 싶었으나, 우리 동포들은 보기도 만나기도 힘들었다. 고국의 친구들이 그리워 향수병까지 시달렸다. 편지로 서울의 아버지께 고통을 호소하는 눈물의 편지를 보냈다. 그러나 아버지의 답은 똑같았다. 처음의 외국 생활은 다 그런 거라며 참고지내라는 말씀 뿐이셨다. 피아노 공부를 계속 시켜 주겠다던 이야기도 말뿐이었다. 사립대학 학비는 비쌌다. 영주권과 시민권을 말하며, 수 만 불씩 사기 치는 사람들도 있다고 조심해야 한다며, 남편의 부모들은 미루고 시간만 끌었다.

  삼년은 금방 지나갔다. 시간은 흘려보내는 것이 제 임무라는 듯 순간순간 끊어질 듯 이어지며 흘러가는 흐름이었다.

  서울에서 주유소와 목재상을 하던 은주네는 부러울 것이 없었다. 사업이 어려울 땐, 미국 사돈의 도움으로 잘 풀려갔다. 호사다마라 할까? 사람의 사는 일이 어찌 순조롭게만 나갈 수 있을까.

  재미교포 사업가에게 딸을 시집보내고, 사업이 잘 나가자 그녀의 아버지는 건축업에 손을 댔다. 그러나 절친한 친구분의 농간에 넘어갔다. 하루아침에 집안이 산산조각 났다. 주위 사람들로부터 법 없어도 살 양반, 인자한 분이라고 칭송을 받던 그녀의 아버지는 남의 초라한 문간 셋방에서 홧병에 자리에 눕더니, 한 달이 채 못 되어 돌아가셨다. 임종하실 때, 그녀의 아버지는 '은주야 은주야'를 부르셨다고 한다. 아버지가 세상을 떠났다는 소식을 듣고 은주는 미국에서 홀로 돌아왔다. 장례를 마치고 한 달이 지나도 어쩌자는 건지 연락이 없었다. 몇 번 전화를 걸어봤지만 받지 않았다. 그녀는 미국으로 가지 않았다.

그녀는 사는 게 문제였다, 초라한 문간 셋방에서 어머니와 함께 생활 대책이 없었다.

처음에는 피아노 학원에서 학생들을 가르쳤다. 초등학생 몇 명을 가르치는 강사였다. 그러다 원장의 소개로 부동산 컨설팅 회사로 출근하게 되었다. 그곳에는 사장과 또 다른 남자의 황 실장이 있었고, 은주 또래의 실장이라 부르는 여직원 셋이 있었다. 노, 이, 박이라 부르는 모두가 다른 성을 가졌다.

그들은 대박을 꿈꾸며 날개를 달고 있었다. 처음 땅을 매입한 사람은 오래 있지 않고 다른 사람에게 재빨리 팔아치우고, 그 사람은 또 다른 사람에게 넘긴다. 몇 차례 넘어가는 과정에서 땅값은 폭등한다. 그런데 땅 주인이 몇 차례 바뀌었을지라도 그들이 모두 한 패거리였다. 그것을 아는 사람은 거의 없다. 땅 주인이 바뀌고 값이 하루가 다르게 오르고 있을 때, 외지인의 자가용 행렬은 이어진다. 사장의 배려로 은주는 고시텔에서 지내게 되었다. 대신 회사 일에 적극 협조해야하며, 만약 위반으로 발생하는 손실에 대해서는 배상해야 한다고 했다. 은주는 사장의 배려에 감지덕지했다.

어느 날 물주가 나타나 회식이 있다고 했다. 실장이 검은 색 밴에 직원들을 태웠다. 이전에 없던 일이라 어리둥절했다. 사장도 함께 탔다. 사장은 큰손 물주에게 인사시키러 간다고 목적을 말해주었다. 뜻밖에 도착한 곳은 시내 룸살롱이었다. 여직원들이 들어가기를 꺼리자, 사장은 들어가 인사하고 앉아있기만 하면 된다고 안심시켰다. 룸으로 들어가니, 소파에 네 명의 남자가 앉아있었다. 어떤 이는 머리칼이 반백이었고, 한 사람은 이마와 눈가에 주름이 많았다. 50대 초반으로 보였다. 테이블에는 맥주와 이름 모를 이상한 술병들이 가득 놓여있었고 안주 접시가 있었다. 사장은 직원들을 소개하고 남자들 사이사이에 앉게 했다. 사장이 은주에게 소개해준 사람은 박사장이었다.

박 사장은 은주에게 술 컵에 맥주를 채우고 한잔 따라 달라했다.

"저는 술 시중하러 온 게 아녜요."

박 사장은 당황했다.

"알아. 오늘은 그냥 오빠 동생하며 편하게 즐기자는 자리야"

은주의 태도에 실장이 쏘아보고 사장이 눈을 부릅뜨고 인상을 찌푸렸다. 은주는 마지못해 박 사장에게 술을 따라 주었다. 같은 여직원들은 남자들과 술잔을 주고받으며 즐겼다. 시간이 지날수록 폭탄주와 함께 하하거리고 까르르거리고 노랫가락이 나오고 춤을 추었다.

"다른 직원들은 잘 노는데 재수가 없으니까."

분위기가 고조된 가운데 박 사장이 사장에게 술잔을 건네며 불평 했다. 사장은 술잔을 받으며 은주를 쏘아 보고 있었다. 눈치를 주었다. 박 사장은 받은 술을 단숨에 들이키더니 은주의 가슴부위를 주물렀다.

"아, 왜 이래요."

은주가 박 사장의 손등을 뿌리치며 소리쳤다. 분위기가 순식간에 조용해졌다. 박 사장은 "에이" 하며 벌떡 일어나 윗도리를 챙겨 입고 비틀거리며 나가버렸다. 나머지 남자들도 박 사장을 따라 나가며, 덕분에 오늘 잘 놀았다고 사장에게 말했다. 사장은 화가 나서 얼굴이 붉으락푸르락 했고, 분위기는 얼어붙었다. 사장은 은주만 남아있고 모두 나가라고 지시했다. 만취한 사장은 리모컨으로 음악을 틀더니 은주에게 다가와, 그녀의 뺨을 세차게 후려갈겼다. 은주는 당황했다. 얼얼하고 아파서 비명도 나오지 않았다. 사시나무 떨듯 벌벌 떨었다.

"야, 너, 이번 건을 망치려고 작정한 거야. 너 이년, 허튼수작하면 한 방에 날릴 수 있어"

사장은 은주의 가슴을 잡고 비틀었다. 은주는 자지러지게 비명을 질렀다. 사장은 은주를 소파에 눕히고는 그녀의 아랫도리를 벗기려 했다. 은주가 저항하자 사장은 주먹으로 그녀의 복부를 사정없이 내려쳤다. 은주는 고통스러워하며 숨을 헐떡거렸다. 결국 사장은 은주를 성폭행했다.

은주는 사무실에 나가지 않았다. 고시텔에서 비통해하며 몸져 누웠다. 어떻게 살아갈까. 캄캄했다.

그래도 총무처 사법고시 합격자 발표일이 돌아오면 신문을 사서 맨 처음 찾아보는 것이 합격자 명단이었다. 그러나 김성수의 이름은 없었다. 눈을 비비고 보아도 없었다.

"오빠 살아남은 것만도 벅찬 시간이었습니다. 오빠는 그 세계를 모를 거에요, 정말이지 상상보다 밑바닥이었어요. 못다 한 이야기 참 많아요"

침묵을 지키기가 어려워졌다. 무엇인가 말을 해야 할 것 같았다. 저쪽 맞은 편에 앉은 한 쌍의 젊은이들이 우리를 바라보며 무언가 얘기를 나누고 있었다.

"그래, 힘들었지? 낯선 땅에서 사는 것 얼마나 힘들었을까? 말하지 않아도 알겠어. 역시 앞을 모르는 게 사람의 일이라더니, 그건 헛된 말이 아닌가봐. 이렇게 살아서 만났으니 반갑잖아. 흐르는 긴 세월의 강으로 보면 아무것도 아니지."

사법고시에 두 번이나 떨어진 나는 한 번의 1차 합격으로 만족해야했다. 이제는 결판을 내야겠다는 오기가 솟아올랐다. 어느 쪽으로든 청춘의 마지막 승부를 걸어야 할 때가 되었다는 생각이 들었다. 수험 서적과 수험 정보를 정리하자니 별의별 생각이 다 떠올랐다.

부모님 몰래 소를 팔아서 등록금을 마련 한 일, 이미 세상을 떠난 은철이, 그네 가구점 빈 방에서 서로 앞날을 얘기하며 지냈던 일. 독서실에서 기거하며 돈이 없어서 두 끼를 한 끼로 때웠던 일, 마침내 몸져누워 친구들과 교수님들의 위로를 받던 일, 좋은 학점으로 장학금을 타야 할 텐 데, 평범한 시골 촌놈의 두뇌로는 따라가기 힘들었던 일, 그리하여 때로는 고시에 대한 가치 판단이 나를 괴롭히고, 지수를 만나 격려를 얻고 위로를 받고 알게 모르게 사랑을 느끼고.

졸업과 동시에 주경야독을 꿈꾸며 시골로 왔다.
흙을 파고 씨를 뿌렸다. 자연과 하나 됨을 느끼니 그 상쾌함을 이루 말할 수 없었다. 그러나 마을 사람들의 걱정스러워하는 눈길을 피할 수 없었다. 숙맥 같은 놈, 내가 남들에게 그렇게 보이는 것 같았다. 그들의 눈초리에서 갈등을 느껴야 했다. 아버지까지 말씀이 통 없으시고 해쓱해지셨다. 화창한 봄날, 리어커에 퇴비를 싣고 밭에 거름을 주고 있는데, 어머니가 보시고 울고 계셨다.

"내가 너를 이렇게 만들려고, 뼈 빠지게 고생해서, 대학까지 보냈느냐. 힘들게 학교 다니면서 얼마나 고생했냐. 너 잘되는 꼴 보려고 이렇게 살았는데, 인제 무슨 낙으로 살겠니?"

주변의 분위기에 주경야독 결심이 흔들리기 시작했다.

"무엇을 위해 살 것인가? 어떻게 살 것인가?"

수 많은 물음과 답이 오고 갔다. 갈등이 왔다. 마음 같아서는 아무 잡념 없이 고시를 합격할 때까지 계속 밀고 나가고 싶었으나 더 이상 염치가 없었다. 현실을 외면 할 수 없었다.

그렇다. 사법고시만이 다냐. 공무원이 되어 일하자. 선비의 도를 지키면서 농사짓는 마음으로 최선을 다하자. 7급 행정직으로 결정했다.

이제는 한 등급 내려 새로운 길을 택하겠다는 결심을 하게 되니 용기가 생겼다. 달력을 보았다. 약 6개월 남았다.

어느 날이었다. 지수가 우리 마을 뒷산 넙적바위에 앉아 나를 기다리고 있었다. 내가 다가가자 지수는 달려와 나를 껴안고 얼굴을 맞추며 비벼댔다.

"오빠 보고 싶었어요. 등급을 내려 시험을 본다니 잘됐네."

그리고는 손을 내밀며 악수를 하고, 넙적바위에 나란히 앉아 밤하늘의 별을 바라보며 노래를 불렀다.

"별 하나 나 하나. 별 둘 나 둘. 별 셋 나 셋. 별 돋았네. 전에 없던 별도 많네."

그러다가 은하수 옆에 반짝이는 별을 가리키며 물었다.

"오빠, 저 하늘에 우리들의 별도 있겠지요? 은하수 옆에서 반짝이며 가는 별이 직녀성이지요? 견우성을 만나러 가는 것 같네요. 그렇지요?"

"오빠, 힘내세요. 넘어져도 다시 일어나는 칠전팔기 사나이가 되세요. 제가 등 뒤에서 응원할게요. 저는 오빠와 함께했던 추억을 더듬으며 오늘도 지옥같은 결혼 생활을 이겨내고 있어요. 언젠가는 만날 날이 있겠지요."

꿈이었다. 한밤중이었다. 밖을 나가보니 별들이 보석처럼 가득했다. 직녀성과 견우성을 찾으며 꿈에서 만났던 지수를 생각했다.

저렇게 많은 별 중에서
별 하나가 나를 내려다본다.
이렇게 많은 사람 중에서
그 별 하나를 쳐다본다.
밤이 깊을수록
별은 밝음 속에 사라지고
나는 어둠 속에 사라진다.
이렇게 정다운 너 하나 나 하나는

어디서 무엇 되어 다시 만나리.*
*김 광 섭 〈저녁에〉

모든 삶이 그렇듯이 수험생활도 자신과의 싸움이었다.
6개월 후 나는 마침내, 시험에 합격하여 공직의 삶을 걷게 되었다.
그러자 부모님들은 결혼을 서둘렀다.
"사람 일은 알 수 없는 거다. 네 애비 어미가 지금은 이렇게 움직이고 있지만 언제 어떻게 될지 모르는 일이다. 그러니 네가 어서 장가를 들어야겠다. 무엇보다도 사내란 결혼을 하고, 가족을 거느려야 어른이 되는 법이다. 결혼하지 않는 사람은 아무리 나이를 먹어도 어른이 못 된다. 예부터 그러지 않았느냐. 장가 못 간 사람은 머리가 하얘져도 상투를 못 튼다고."
"아직 생각해본 적 없어요."
"생각은 무슨 생각. 사람이란 다 때가 있다. 나이 들면 장가들고 아이 낳고, 키우며 가정을 꾸미며 살아야지. 그것이 사람 사는 행복이다."
부모님들은 몇 차례 이야기했던 지수를 말하기도 했다가, 마을 누가 얘기하는 선생님 아가씨가 있다고도 했고, 대학 졸업한 리장 조카 딸도 만나보겠다고 했다. 하여튼 부모님들은 결혼을 서둘렀다.

감추었던 사랑
지금은 아픈 비밀의 추억일 뿐

우리 사이에는 지울 수 없어
만나보면 가슴 아픈 이야기일 뿐
이제는 솔직히 사랑하기 어려워.

첫사랑은 다시 만나는 게 아니라던, 누군가의 말이 생각났다. 소중한 환상이 깨어질 뿐이라고 했던가. 차라리 만나지 말고 아름다운 추억 가슴에 담고 사는 편이 훨씬 더 지혜롭다고 했던가.

그녀는 울고 있었다. 계속해서 울고 있었다. 훌쩍이고 있었다. 울고 있는 모습에서 나는 미묘한 설렘을 느끼며, 맥주 컵을 바라보다가 홀 천장을 올려다보다가 그녀를 보았다. 그녀에게서 푸른 빛이 나고 있었다. 그녀의 몸 전체에서 푸른 빛을 발산하고 있는 것 같았다. 초등학교 운동장에서 헤어질 적 은주의 모습을 다시 보았다. 나는 자리에서 일어나 맞은편 소파에 앉은 그녀 곁으로 갔다. 그리고 차분하게 호흡을 가다듬고, 눈물로 젖은 그녀의 뺨에 내 뺨을 댔다.

"은주씨."

갑자기 존대어가 나왔다.

"그때 학교 운동장에서 입맞춤 때문에, 군에 면회와서 하룻밤 지낸 것 때문에 나는 지금까지 잊지 않고 행복하게 살았답니다. 그때를 잊지 못하고 있어요."

그러면서 나는 그녀를 안았다. 그녀의 흐르는 눈물이 내 뺨을 적셔왔다.

낯설다. 여기가 어디지?
 잠에서 깨어났다. 그리고 잠시 어리둥절하여 눈을 깜박였다. 물건들의 모습을 찾아가는데, 시간이 꽤 걸렸다. 호텔 방이었다. 기억을 차례로 더듬어야 할 것 같았다. 수제 맥주를 팔던 그 집에서 얼마나 마셨던가? 계속 더 마신 것 같기도 하고. 자꾸만 생각이 끊어졌다. 마침내 그녀를 껴안고 비틀거리며 걸었던 기억까지 드문드문 되살아났다. 그러나 어떻게 호텔까지 왔는지는 생각나지 않았다. 이방으로 들어온 기억은 전혀 나지 않았다.
 나는 침대에서 일어나 주변을 살폈다. 은주는 방 안에 있지 않았다. 불을 켰다. 탁자 위에 놓인 흰 종이를 발견했다. 편지였다. 호텔 메모지에 빼곡하게 적은 편지 아래 낡은 책 한 권이 보였다. 이게 무슨 책일까? '젊은 베르테르의 슬픔'이었다.
 '젊은 지식인 베르테르는 무도회에서 아름다운 로데를 만나 주체할 수 없는 사랑에 빠진다. 그러나 그녀는 약혼자가 있었다. 가질 수 없는 사랑에 괴로워하면서 베르테르는 그녀를 잊기 위해 다른 도시로 떠났지만, 좌절하여 다시 돌아왔다. 로데는 이미 결혼하여 유부녀가 되었다. 그는 로데의 주위를 맴돌며 고통스럽게 구애를 하지만 그녀는 절교를 선언한다. 절망에 빠진 베르테르는 그녀의 남편에게 권총을 빌려 자신의 머리를 쏘아 자살로 생을 마감한다.'
 학교 운동장에서 그녀에게 주었던 책이었다. 놀랍다. 은주가 이 책을 지금까지 간직하고 있었을까. 편지를 보았다. 또박또박 써 내려간 글이 가슴을 때렸다.

오빠,

　정말 보고 싶었어요. 미루다 미루다 용기를 내어 이렇게 만난 일이 꿈만 같습니다. 오빠, 잊을래야 잊을 수가 없었어요. 어린 시절 한 동네에서 살던 일만해도 보통 인연이 아닌데. 오빠, 저는 어릴 때부터 오빠를 좋아했어요. 초등학교 시절 오빠가 단상에 올라 상을 받을 때부터 마음속에 두고 있었지요.

　고시 합격도 기도했지요. 물론 제 나이 열여덟 고2 때 서울로 전학해서, 구정 설 명절에 초등학교 운동장에서 오빠를 만났던 일. 미국으로 가면 영원히 만나지 못할 것 같아서, 군에 있는 오빠를 면회 가서 하루 함께 지낸 일, 꿈만 같습니다. 저는 미국 교포와 결혼한 것이 큰 실수였습니다. 오빠, 미국 생활은 제가 꿈꾸었든 그런 것들을 조금도 허락하지 않았습니다. 파란만장했답니다. 아버지가 세상을 떠나시고 서울에 돌아와 미국으로 돌아가지 않았어요. 딸이 있다는 것도 거짓말이에요.

　오빠, 살아가자니 생각하는 것처럼 세상은 저를 받아주지 않더군요. 젊은 것이 죄를 많이 지었어요. 교묘하게 자신을 감추는 간교한 방법도 배우고요. 인간의 탈을 쓰고 부도덕한 일을 저지르는 사람이 되었어요. 책을 돌려드립니다.

　그리고 오빠, 좋은 사람 만나서 결혼하세요. 그래야 사는 거잖아요. 오빠 나는 이제 오빠를 기억하지 않을게요. 오빠도 잊어주세요. 길거리에서 만나도 모른 체 할 겁니다. 서운하시더라도 어쩔 수 없어요. 부디 행복하시길 빕니다. 제 걱정은 마세요. 살다 보면 살아지더라고요. 이만 줄입니다. 은주 올림.

눈물이 흐른다. 살다 보면 정말 살아질까?

화려한 그늘

"와, 우리 골퍼 오시네."

선미가 동아리 방에 들어서자 여기저기서 남학생들이 환호를 보냈다. 우리나라가 세계 여러 골퍼 대화를 석권하면서 골프에 붐이 일었다. 대학가에도 골프동아리의 붐이 일었다. 어쩐 일 인지 동아리 회원의 반 이상이 여학생이었다.

"이번 졸업 라운딩은 제주도로 간다."

장소는 좋지만, 대학생들에게는 너무 부담이 컸다. 모두가 고개를 흔들었다.

"경비 걱정하지 마!"

동아리 회장의 말에는 자신만만한 힘이 들어있었다.

"이번 라운딩 투어는 동창회 부회장님께서 일체 부담하신다."

와! 하는 함성에 동아리 방의 창문이 흔들렸다.

후원하시는 선배님은 제주도에 골프장은 물론 호텔도 소유하고 있는 40대 초반의 동창회 임원이다. 그 선배를 말할 때마다 우리들은 입을 벌려 감탄하며 부러워했다.

연초 동아리 모임 신년회에도 참석하여 나이를 떠나 후배들과 흉금 없는 대화를 나누며 친해지고 싶다는 존경받는 선배였다. 일주일간의 모든 경비는 물론 프로 골퍼까지 대동하여 레슨도

시켜주는 파격적인 후원이라고 했다. 동아리 회원들은 진심으로 고마움을 느끼며 모교에 대한 자부심을 갖게 되었다.

며칠 후 우리들은 제주행 비행기에 올랐다. 여학생들은 기쁨에 들뜨며, 온갖 소리로 깔깔대며 웃을 때 남자들은 멍하니 바라만 보고 있었다. 구름 한 점 없는 파란 하늘에서 바라보는 제주도는 한라산이 파란 바다와 어우러져 마치 상상 속의 나라에 다다른 느낌이었다.

선미는 처음 와 본 제주도에서 가슴 벅찬 일정을 보냈다. 여학생 회원들은 골프채를 휘두르며, 골프동아리에 가입하여 활동하게 된 것을 아주 잘한 일이라 입을 모았다. 선미도 이렇게 느껴 보는 즐거움이 또 어디에 또 있을까. 동화 속의 신데렐라가 된 시간을 보내는 것 같았다. 넋을 잃을 정도였다.

마지막 날 식사를 마치고 다과를 즐기며 선배님과 대화의 시간이 마련되었다. 선배님 특유의 친밀감으로 후배 자리를 돌며 이야기를 나누었다. 화기애애한 분위기를 이끌면서 선미 곁으로 왔다.

"우리 선미 후배는 골프에 소질이 뛰어난 것 같아."

무엇을 어떻게 보았는지, 아직 초보이고 싱글 수준에도 한참 못 미치는 수준인데 분에 넘치는 칭찬을 들었다.

"열심히 해봐요. 누가 알겠어. 후배님이 또 한 명의 LPGA 우승자로 탄생할지. 내가 후원해 줄게."

선미는 선배가 관심을 보여주는 것으로 하늘을 나는 기분이었다.

"앞으로 자주 연락해요. 후배님."

그러면서 은근하게 명함을 건넸다. 선미의 가슴은 설렜다. 이렇게 하여 학교 동창회에서 상당한 위상을 가진 선배님과 만남을 갖게 되었다. 만남을 계속할 수 있게 되었다.

시골에서는 수재라고 불려 서울로 대학을 왔다. 가난한 형편, 더구나 여자로서는 힘든 일이었다. 그러니 대학 생활도 녹록치 않았다. 자기와의 외로운 싸움이었다. 남들은 모르는 자기와의 외로운 싸움이었다. 넉넉지 않은 가정환경 속에서 학비를 벌기 위해 과외 알바를 하느라 낭만이라는 여유는 없었다. 골프 동아리는 시골 선배의 강요로 가입하여 함께 활동하게 되었다.

시골집 형편은 말이 아니었다. 아버지와 어머니의 불화 때문이었다. 아버지가 돈을 벌겠다고 집을 나간 것은 순전히 아들 못 낳아 준 어머니한테 정이 떨어져서 그런 거라고 어머니는 믿고 있었다. 사랑이 식어버렸는데, 돈이 무슨 소용 있냐고 어머니는 탄식했다. 탄식하면서도 또 돈 타령을 했다.

어쩌다가 아버지는 야밤에 손님처럼 집에 들어왔다. 그러면 그날 밤은 어김없이 큰소리가 났다.

"나는 밖에 나가 식구들 먹여 살리려고 집에도 못 들어오는데 당신은 집에서 애들도 제대로 못 거두고 놀고만 있으면 어떡해?"

"당신이 집에만 있어 봐요. 내가 뭔 일을 못해."

"뭐라고?"

"왜? 내가 못 할 말 했어요? 밖에 나가, 그 여자한테는 그렇게 잘해주고 나한테 와서는 돈 못 번다고 불평과 타박이나 하는 것이 남편이야!"

"이 사람아 그 사람은 사업의 동업자여."

"동업자 좋아하네. 첩이 아니고 어떻게 동업자여?"

"말 잘했다. 그러면 당신이 그 여자가 하는 일을 할 수 있어? 당신이 나서서 나를 한번 도와줘 봐."

"남편한테 버림받은 년이 뭣을 해?"

"사랑도 다 본인한테서 나오는 거야."

"내가 뭣을 못했어? 살림 잘하고 집안 잘 가꾸고 새끼들 잘 키우면 되었지 또 무얼 바래?"

"그것만이 아내가 할 일이 아닌 거야."

"아이고 어머니. 어머니. 어머니는 날 뭣 하라고 나셨소. 이런 수모를 당하게 한단 말이오!"

어머니의 통곡이 시작되면서 아버지는 자리를 박차고 나가버렸다.

앞집 정자네가 돼지를 쳐서 돈을 벌었다는 소문에 어머니는 돼지 열 마리를 들여왔다. 텃밭에 있는 자리에 돼지막을 만든 날, 어머니는 이제부터 아버지는 없다고 비장하게 말했다.

"이제부터 너희들은 엄마만 보고 살아야 한다."

어머니는 사나워졌다. 아버지가 나갔으니 그렇게 변한 것이 당연한지도 몰랐다.

뜻밖에 어느 날 아버지가 찾아와 말했다.

"나도 이제 새롭게 좀 살고 싶어. 당신은 내가 없어도 잘살 사람이야."

아버지에게 새 사람이 생긴 것이었다.

"새롭게 산다는 것이 한두 번이야? 그년하고 틀어진 것이 이번엔 무엇 때문이여? 내가 모를 줄 아나."

아버지는 대꾸하지 않았다.

위자료라고 아버지가 돈을 가지고 왔다. 읍내 변두리 땅을 처분한 돈이 어머니에게 지불되었다. 지저분하게 마당을 차지하고 있는 돼지막을 말끔히 치워주고 아버지는 새 생활을 시작하기 위해 집을 나섰다.

아버지가 떠나자 어머니는 그런 우리를 보고 또 한 번 절망했다. 어머니는 이제 혼자되었다. 혼자된 어머니는 무서웠다. 말끝에 욕도 나왔고 우리들을 닦달했다.

"야, 이년들아! 가만히 앉아있으면 어디서 밥이 저절로 굴러떨어지냐? 제 할 일 제가 열심히 해야지."

하면서 아버지가 가져온 위자료에서 대학 등록금을 떼어 주어 선미는 대학 생활을 하게 되었다.

졸업이 가까워지면서도 선배님과의 연락은 계속되었다. '어떤 길을 가야 하나?' 미래에 대한 불안감이 밀려올 때 선배님과 만나 식사도 나누었다.

해를 넘기며 유난히 추웠던 겨울이 가고 봄이 오고 있었다. 봄이 오면서 선미도 학사모를 쓰고 졸업 사진을 찍게 되었다. 그날 선배님이 찾아와 꽃다발을 안겨주며 축하해 주었다. 선미는 선배님의 가슴에 안겨 눈물을 흘렸다.

선미는 선배님의 도움으로 강남 고층 아파트에 머물게 되었다. 아파트에 머물면서 근처 실내 골프장을 찾는 것이 주된 일과가 되었다. 먹고 마시고 자는 것, 무엇 하나 부족한 것이 없었다. 이미 자신은 신데렐라가 되었다. 영화의 주인공처럼 화려한 상류층의 일원이 되었다고 생각했다.

오늘은 선배님이 오시는 날이다. 여러 할 얘기를 가슴에 담고 서서히 황혼에 물드는 한강 물줄기를 바라보며 자신의 대견함에 취해 있을 때, 선배님이 뒤에서 꼭 껴안으며 귓속에 대고 속삭였다.

"사랑해."

그리고 몸을 돌려 뜨거운 입술로 육체의 향연에 불을 댕겼다.

몇 달이 되지 않아 전화를 받았다.

"더 이상 심한 말은 안 하겠으니 3일 내 짐을 싸서 떠나!"

선배님 부인의 최후통첩이었다. 그리고 한마디 내뱉었다.

"배운 것이 몸 파는 것이야, 더러운 년."

선미는 신데렐라가 아니라 자기도 모르는 사이에 몸 파는 여자가 되어 있는 자신을 보았다.

캐리어를 끌고, 아파트에서 내려다보았던 한강 다리 중간에 섰다. 갈 곳도 없다. 무엇을 해야 할지도 모르겠다. 살아가야 할 이유도 없어졌다. 그저 다리를 걸어왔다.

어둠을 머금은 한강 물이 하얀 물살을 지으며 흐르고 있었다. 함께 가자고 손짓을 했다. 고개를 끄덕였다. 가방을 내려놓고 하늘을 향해 크게 숨을 들여 마신 후 신발을 벗었다. 난간을 오르려고 손을 내밀었다.

감추어진 마음
거짓된 웃음에
사랑을 잃고 나는 우네
이제는 돌이킬 수 없는 상처
가엾은 내 사랑아
잘 있거라
세상은 저리 쉽게 흘러만 간다.
흐르는 강물이 함께 가잔다.

"아니, 이것아 뭐 하는 거야?"
하늘에서 불이 번쩍이며 외치는 소리가 들렸다. 어머니의 음성이었다. 참을 수 없이 눈물이 쏟아졌다.
"엄마, 엄마."
엄마를 부르는 소리에 흐르던 한강 물이 멈췄다. 하늘을 보았다. 별똥별이 긴 꼬리를 달고 남산 타워 쪽으로 떨어졌다.
"그래 살아야 한다. 다시 한번 살아보자."

풀이 죽은 얼굴로 평소 찾던 골프샵에 갔다. 그 골프샵의 나이들은 사장님은 중고 채를 매매도 하고 수리도 꼼꼼하게 하여 좋은 평이 나 있었다. 선미를 보고 무슨 일이 있었는지를 알아차린 듯, 사무실로 불러들였다. 그녀의 형편을 어느 정도 눈치채고 있었던 사장님은 헤어졌다는 말을 듣고는 가엽다는 듯 고개를 끄덕였다.
"그럼 앞으로 어떻게 할 거야?"
그녀는 무슨 일이든지 해야 했다. 사장님이 당장 무엇이라도 하겠다면, 경험한 일이 없으니 골프장 캐디는 어떠냐고 물었다. 하겠다면 자신이 소개할 수 있다고 말을 이어갔다. 사장님은 계속해서 말을 이어갔다. 골프장에서 날아간 골프공을 주워주는 일과 이용자들의 편리를 제공하는 일이라고 말했다. 그녀는 캐디가 하는 일을 알고 있었다. 선배와 함께했던 라운딩에서 캐디들과 같이했던 경험이 많았기 때문이다. 할 수 있겠다는 생각이 들었다.
다음날, 그녀는 캐디 일을 하기로 마음먹고, 사장님을 따라나섰다.
따라간 곳은 시내에서 한 시간 거리쯤에 있었다. 잘 다듬어진 푸른 잔디와 꽃, 어우러진 숲에 감탄이 나왔다. 그녀를 태운 승용차는 골프장 주변을 느리게 지나갔다. 여기저기서 공을 치는 모습을 볼 수 있었다. 흰옷의 유니폼이 유별나게 아름다웠다. 한때 나도 저렇게 지냈는데, 서러움이 가슴에 스며들었다. 챙이 긴 모자에 면으로 얼굴을 가린 캐디들이 골프채가 담긴 장구 옆에 서 있는 모습도 눈에 들어왔다.
도착한 건물은 관리사무실이었다. 문을 열고 들어서자, 사무실 안에는 책상 앞에 컴퓨터를 놓은 여직원 한 명과, 관리자인 듯한 남자 한 명이 있었다. 들어서는 모습을 본 남자는 밝은 미소로 사장님과 선미를 반겼다.

사장님은 그 남자를 소장님이라 불렀다.
두 사람은 반갑게 손을 잡고 난 후, 응접 테이블에 마주 앉았다. 소장은 선미를 바라보며 사장님 옆자리에 앉기를 권했다. 컴퓨터 앞에 있는 아가씨도 미소를 지으며 사장님에게 안부를 물었다.
"전번에 부탁하신 캐디로 일할 분, 한 분과 같이 왔습니다."
사장님이 선미를 보며 말했다.
"선미 씨, 인사하지."
"안녕하세요. 윤선미입니다."
소장이 선미를 훑어보더니 흐뭇한 미소를 보였다.
"잘 오셨습니다. 같이 한번 일해봅시다. 미인이십니다."
무언으로 감사를 나타내는 선미를 보면서 사장님은 말했다.
"여기 이 아가씨는 내 딸과 같습니다. 대학을 나온 인재인데 사정이 갑자기 어렵게 되었습니다. 세상 물정도 모릅니다. 잘 부탁드립니다."
연신 흐뭇한 표정을 짓고 있던 소장이 대답했다.
"네, 대학도 나온 인재이니, 하겠다는 마음만 먹으면 금방 배우게 될 것입니다. 아무 염려 마십시오."
그렇게 윤선미는 캐디 일을 시작하게 되었다. 소장은 사장님이 돌아가고 난 뒤에, 자신 책상 앞으로 선미를 불렀다. 근로계약서와 이력서를 작성하게 했다.
이력서를 작성하는 중에 캐디 세 명이 들어왔다. 필드에 나가려고, 대기하는 아가씨들 같았다. 선미와 비슷한 또래로 보였다. 늘씬한 키에 아름다운 얼굴들이었다. 어느 미인 선발 대회에 나가도 빠지지 않을 몸매를 가지고 있었다. 선미 역시 어느 곳에 가서도 주변 사람들로부터 미인 소리를 듣고 있었다.

선미가 작성한 서류에 사진까지 첨부하자, 서류를 점검한 소장은 대기 의자에 앉아있는 아가씨들을 향해 말했다.

"현미 씨가 오늘 입사하신 윤선미 씨에게 필드에서 일할 수 있게 지도 좀 해주세요."

"네 소장님."

세 사람이 선미를 바라보고 환한 미소를 보였다. 가운데 있던 아가씨가 자기라고 선미에게 손을 들어 표했다.

캐디로 근무하면서 선미는 많은 것을 배웠다. 타인으로 변해가기 시작했다. 자신이 지내온 지난날들을 생각하니, 남들 모두가 부러워하는 것은 돈이었다. 돈이 왕이었다. 돈에 대한 전폭적인 믿음, 그 신뢰는 더욱 깊어갔다. 돈만 풍족하다면 품위와 인격까지 가늠하는 세상이라는 것을 알았다.

선미는 신념으로 굳어졌다. 골프는 상류층 스포츠다. 골프를 즐긴다는 사람들은 그만큼 부를 소유한 자들이다. 그들과 가까이하면 황금을 움켜쥘 기회가 올 것이다. 그 기회를 잡자.

그녀가 캐디로 나선 지 반년으로 접어든 때 일이다. 그날은 청명한 봄날이었다. 선미가 스물일곱 살로 한 살을 더 보태는 해이기도 했다.

그날은 모 회사 임원들의 단합 친목 골프 모임 행사가 있는 날이었다.

그 행사 모임의 회장님 팀에 선미가 캐디로 나가 도왔다. 그녀가 채를 골라 줄 때마다 회장님은 흐뭇한 미소를 지었다. 사람들은 회장님 차례가 되면 둘러싸고 굿 샷을 외쳐대고, 치고 나면 웃음꽃을 피워댔다. 그 일행의 캐디 업무를 마치고 사무실로 돌아왔을 때였다.

"선미씨 저 좀 보고 가세요."

소장이 보자고 불렀다. 그리고는 책상 위에 놓여있는 몇 가지 서류를 정리한 뒤 대기 의자에 있는 그녀 앞으로 다가섰다.

"힘들지요? 점심이나 같이하면서 얘기나 좀 나눌까 해서."

"갈까요? 저를 따라와요."

선미의 의사를 묻지도 않고, 미소를 지으며 사무실 밖으로 나가 승용차에 시동을 걸었다. 선미도 얼떨결에 소장을 따라나섰다.

간 곳은 골프장 주변에서 조금 떨어진 조용한 한정식집이었다. 선미가 의문의 눈길로 소장의 얼굴을 바라보자, 소장은 미소를 지었다. 의미심장한 미소를 보이고 있었다. 방으로 안내되어 자리에 앉자 소장은 식탁 위에 놓여있는 물컵의 물을 벌컥벌컥 소리를 내며 마셔댔다. 그리고는 말을 꺼냈다.

"제가 하는 말을 불쾌하게 생각하지 마시고 이해하시고 들어주세요. 그리고 예스, 노우, 한마디만 하시면 됩니다. 그래서 생각 끝에 무례한 행동이 될 것인지, 아니면 수긍하고 승낙할 것인지를 물을 따름입니다. 귀하신 분으로부터 제의가 들어왔으니 의사 타진으로 묻는 것입니다."

소장은 미소를 보일 때와는 달랐다. 표정이 진지하고 굳어있었다. 선미도 신중하지 않을 수 없었다. 소장은 선미에게서 무슨 낌새를 차렸는지 다시 한번 주의 깊게 바라본 뒤, 신중하게 말문을 열었다.

"오늘 선미 씨가 모신 회장님이 한번 만나보고 싶답니다. 더 이야기하면 선미 씨 같은 여인을 옆에 두고 지내보고 싶다고 하소연하셨습니다. 그리고는 나를 불러 인적 사항을 물으시고 '꼭' 아니더라도 좋으니 한번 만나보고 싶다고 해서 제가 전하겠다고 약속을 했습니다."

그 회장님은 아내와 가족이 있고 육십 대 후반이라는 말도 했다.

그녀는 처음에는 농락당하는 기분이기도 했지만, 곧바로 자신의 형편을 알고 하는 말이라는 것을 알고 진정되었다.

며칠 시간을 달라는 말로 즉답을 피하고 자리를 떴다. 골프장으로 돌아오자, 소장은 이런 얘기는 길지 않은 것이 좋겠다는 말을 남기고 선미는 필드 쪽으로 소장은 사무실로 갔다.

그 자리에서 선미는 즉답은 피하고 미루었지만 답은 나와 있었다.

그녀는 황금의 위력을 경험했다. 황금으로 세상을 살아가는 것을 보았다. 그리하여 황금의 위력에 집착해있었다.

그 회장님은 자수성가한 사업가이다. 삽자루로 시작한 건설업에서 유통업까지 성공한 사업가로 정치인들까지 손안에 넣고 있었다. 하고자 하는 일은 어떻게든 이루어 냈다. 시대에 따라, 시류에 따라 확장일로에 있었다. 돈 되는 일에는 어디든 손을 댔다.

이튿날 선미는 소장을 찾아갔다. 출근하자마자 소장을 찾아가 그 회장님을 한번 만나고 싶다는 말을 전했다. 소장은 무슨 큰 일이나 이룬 것처럼 환한 미소를 지었다.
"네, 알겠습니다. 직접 선미 씨에게 전화하도록 전하겠습니다."
소장은 다른 말은 없었다.
그녀가 스스럼없이 만나보고 싶은 이유는 캐디로 일하며 당하는 말 못 할 사정이었다. 수치심과 자존심 밟히는 일을 당하면서 더욱 절실해졌다. 황금의 구애를 받지 않고 사는 사람들은 얼마나 좋을까. 많은 사람들은 그들의 삶을 위해 어쩔 수 없는 고통을 참아내고 있지 않을까. 자신은 더 이상 비참한 주인공이 되고 싶지 않았다.
그날 오후 회장님으로부터 전화가 왔다. 선미가 근무하는 시간에 골프장으로 전화를 했다.
어디서 만나면 좋겠냐고 물었다. 운전기사만 데리고 나갈 테니 장소를 정하라는 말을 했다. 그녀는 갑작스런 질문에 당황했다.
"선미 씨가 어디서 탄다고 하면 거기로 가서 태우고 함께 저녁 식사를 했으면 하는데 ……."
회장은 대답을 기다렸다. 그녀는 엉겁결에 예하고 어디로? 를 생각하다가 어느 역 지하철 1번 출구 옆을 말하고 시간을 말했다.
퇴근을 하고 그녀는 최상으로 보이기 위해 신경을 썼다. 얼굴을 다듬고 몸을 다독였다. 약속 시간 십 분 전에 약속 장소에 도착했다. 그곳에서 기다리는데, 정각에 검은색 리무진 승용차가 도착했다. 그녀 앞에 선 리무진 승용차의 뒷좌석 한 쪽문이 내려졌다. 얼굴을 내밀고 미소 짓는 회장님이셨다. 젊어 보였다.
 선미가 회장님을 향해 고개 숙여 인사하자, 기사가 차에서 내려 회장님이 앉아있는 뒷좌석 문을 열었다. 그녀가 오르자 승용차는 어둠이 살짝 깔리기 시작하는 시내를 벗어났다.
 변두리에 위치한 호텔에 도착하자, 선미는 어쩐지 가벼운 기분이었다. 종업원의 안내를 받으며 두 사람은 삼층에 있는 중국식당으로 안내되었다. 중국 분위기에 빠진 그녀는 수줍은 듯 고개를 들지 못하자, 회장님은 흐뭇한 미소를 지었다. 한참의 침묵이 흐르고 요리가 나오자, 식사를 하면서 회장님은 자신의 생각을 분명이 했다.
 자신은 처와 딸만 셋이 있다. 선미 씨를 보고는 얼마를 살든지 모르지만 같이 지냈으면 하는 욕심이 생겼다. 더 큰 욕심은 아들 하나만 낳아 준다면 이보다 더 큰 인생의 행복은 없을 것 같다. 이렇게 선미 씨를 만나게 되어 너무나 행복하다고 했다.
 "어느 시기까지 비밀로 지내다가 시일이 지나면 집사람과 가족들에게 양해를 구하겠습니다."
 어느 정도 시간이 지난 뒤에 무리가 없도록 조치하겠다고 말하면서 이렇게 인연을 맺게 되면 자신이 세상을 끝낼 때까지 함께하고 싶다며, 생활할 수 있도록 지금 부인과 동일한 수준으로 하겠다는 말도 했다.

 선미는 어머니한테 들은 적이 있는 집안 할머니의 이야기가 떠올랐다.
 왜정시대였다고 했다. 일본이 마지막 발악할 때였다. 쇠붙이로 된 집기는 모두 거두어갔고, 자갈밭은 하늘만 바라보며 곡식을 태웠다. 동네 여자들을 억지로 공출한다는 무서운 소문이 퍼졌다. 하룻밤을 지내고 나면 누군가 몇이 사라졌다. 무서운 나날이었다. 그러할 때, 할머니는 논 몇 마지기에 팔려 어느 부잣집 마님으로 들어갔다. 아들 하나 낳아 줄 것도 약속했다.

스스로 일본 병사들의 노리개보다는 낫다는 생각에 부모님의 언질에 언뜻 응한 혼인이었다. 그리고는 가난이 너무 싫었다. 어떻게 한 끼를 해결하느냐가 날마다 일이었다. 지겹고 힘들었던 때였다. 그런 중에도 여자들은 대책 없이 아이를 낳기만 하여 제 명이 길면 살고, 그렇지 않으면 죽어갔다. 배고파 죽고, 이름 모를 병에 죽고, 제대로 크는 아이들보다는 죽는 아이들이 더 많은 세상이었다.

할머니가 시집갈 그 집의 대문은 닫혀있었다. 누가 몇 명이 사는지 몰랐다. 그러나 할머니는 동네 나들잇길에 그 집 늙은 주인을 본 적이 있었다. 놀랍게도 일본 사람과 같은 양복 차림이었다. 갓 쓴 도포 차림이 아니었다. 일본의 앞잡이라야만 잘 살던 시대에 그 집은 그렇지 않다고 소문이 나 있었다.

할머니는 그 모양이 눈에 거슬렸지만, 아무려면 어떠랴, 이 험난한 세상에 굶지 않아서 좋고, 비단옷만 입으면 그만이라 생각했다. 육신의 호강을 위해 남편의 나이가 많으면 어떠랴. 내 복이 오히려 과분하다고 생각하면서 어머니의 재촉에, 매파의 말에 흔쾌히 승낙했다.

할머니 나이 열다섯에 신랑은 환갑이 넘은 나이였다. 아들 하나 낳을 것을 그녀는 다짐했다. 빨래터에서 아주머니들이 깔깔

거리며 떠들던 소리가 떠올랐다. 일흔이 넘은 늙은 왕들도 생산했다니까 전혀 불가능한 일은 아니라고 생각했다. 아들만 낳아준다면 평생 먹고사는 일은 걱정 없고 친정에도 가끔씩 딸의 구실을 할 수 있을 것이라는 생각이 들었다.

누구를 위한 희생이 아니라 자신을 위한 결단이었다.

뒤숭숭한 소문도 겁났다. 이웃 나라의 전쟁에 왜 여자가 필요하단 말인가. 아무리 생각해도 이해가 되지 않는다. 그런데도 밤에 없어지는 여자들이 생겼다. 친구 옥분이도 사라졌다. 할머니는 죽어도 고향을 떠나지 않을 생각이었다. 어디 간들 무슨 호강이 있으랴. 하는 마음이었다.

첫날 밤, 할머니는 숨죽이며 남편을 기다리고 있었다. 무조건 남자의 뜻에 따르라는 어머니의 말이 떠올랐다. 어머니는 눈물을 흘리면서도 혼사의 결정을 반복하지 않았다. 왠지 서운했다. 알 수 없는 눈물이 흘러내렸다. 어렵고 힘든 시절에 태어난 것을 원망했다. 그렇다, 논 몇 마지기에 들어왔지만 첩은 아니다. 안방 주인이다. 조촐하지만 예는 갖추지 않았던가. 그것도 남자 쪽에서 응해준 혼사다. 나이는 많지만 그런 남편이 고맙다.

마침내 남편이 방문을 열고 들어왔다. 한참을 그녀를 바라보더니 한숨을 내쉬며 입을 열었다.

"내 너를 취하지 않겠다. 그 대신 손자를 지켜줘. 내가 죽더라도 손자는 꼭 지켜다오. 물려받는 재산을 갖고 어떤 경우라도 아이는 살려다오. 나 죽거든 이곳을 떠나더라도 아이를 살려다오."

취하지 않겠다니 믿지 못할 말이었다. 얼른 자신을 취하여 배부른 나날을 만들어 주기를 기대했다. 그러면 고기라도 실컷 먹여주겠지. 그러면 얼굴에 윤기라도 흐를 테니까. 씨받이로 들어섰으니 의무만 제대로 이행하면 되는 것이다. 그런데 손자를 지키라니 이해할 수 없는 말이었다.

평생을 굶주리며 사는 것은 생각만 해도 고통스럽다. 허리를 졸라매고 평생을 산다면 그 삶이란 것이 너무 가혹하다. 가난은 지금까지만 해도 치가 떨린다.

세상은 어수선하고 흉흉한데 이것이 가운인가. 안방을 차지한 뒤 한 달도 안 되어 며느리가 훌쩍 저세상으로 떠나더니, 나이 많은 남편마저 늦을세라 그해 겨울에 죽고 말았다.

주인이 죽자 밑에서 일하던 사람들이 슬금슬금 모두 떠나버렸다.

넓은 집안에 둘만 남았다. 무엇을 어떻게 해야 할지 막막했다. 분명한 것은 혼자된 손자를 돌봐야 하는 것이다.

두 살이 어린 사내아이다. 집안의 우람한 체격을 타고나서 체력은 좋았다. 보호자가 되었다. 애지중지 보호만 받고 아무 것도 할 줄 모르는 철부지 녀석이었다.

"아일 부탁해요."

며느리도 눈만 마주치면 부탁했다. 할아버지 같은 남편도 언제나 그 말 뿐이었다. 너무 간절한 부탁이었다. 너무 간절한 부탁을 저버리지 못할 그녀의 일생이었다. 그녀의 일생은 그의 곁에 있었다. 그의 곁에 있는 그림자였다.

"할머니라고 불러야 하나요?"

어느 날이었다. 그녀의 얼굴을 빤히 바라보며 던진 말이었다. 그녀는 놀라 그의 얼굴을 보았다. 얼른 대답하지 못했다. 열다섯 소년은 장난을 치고 있을까. 주먹으로 한 대 쥐어박고 싶은 마음이 생겼다. 꾹 참았다. 할머니라고? 웃음까지 나왔다.

아무것도 모르는 천진한 아이. 일본 놈에게 배울 것이 없다고 학교도 보내지 않았다. 할아버지의 고집 때문에 집에서 글을 배웠다. 명심보감도 읽었다. 할아버지는 글을 배운 아들이 독립운동 운운하며 자신을 버렸다고 생각했다. 독립 운운하며 집을 나가 돌아오지 않는 사실 때문에 손자를 우물 안 개구리로 만들어 버렸다. 돌아오지 않는 아들의 집착이 컸기 때문이었다.

잘난 아들이 독립운동한다고 조상을 버린 사실이 두려워 손자는, 그냥 방치한 것이다. 혼란한 세상에 배움은 오히려 해가 된다는 사실을 아들로 인해 알게 된 것이다.

"엄마랑 처음 인사할 때 웃음이 나왔어요. 엄마보다 젊은 할머니. 우습잖아요? 그러나 할아버지도 엄마도 말씀하셨어요. 할머니라고 부르라고. 절대 할머니라고."

"그런데 왜 한 번도 부르지 않았지?"

"웃음이 나올 것 같아서요."

"이제는 그렇게 부르고 싶어?"

"아뇨!"

"그러면 뭐라고 부르고 싶어?"

" ……."

그는 말이 없었다. 얼굴이 빨개졌다.

"그러면 적당히 불러."

그 적당히 하라는 말이 얼마나 애매할까. 어떻게 느껴졌을까. 누나같이 느꼈을까. 아니면 각시같이? 그는 할머니라고 부르지는 않았다. 그녀는 처음에 그 사실만으로도 황송했다.

그는 외출은 하지 않았다. 바깥세상이 두려운 듯 나가지 않았다. 누분불줄 혈혈단신 언제나 머뭇거렸다. 그러나 그녀에게는 남자였다. 기둥이었고 동반자였다.

그가 남자의 몸짓으로 다가왔을 때, 그녀는 수줍게 다가갔다. 할아버지가 하지 못한 일을 손자가 했다. 그 후 관계는 계속되었다. 그의 칭얼댐으로 빠르게 진전되었다. 자신을 주체하지 못할 정도로 정력이 왕성했다. 그녀의 뒷바라지 덕이었다.

"아이가 생겼는데 어떻게 해?"

하늘이 준 섭리를 거역할 수 없었다. 인연도 묘한 인연이었다. 고향을 떠나올 때, 이미 고향의 관계는 버린 것이다. 아이로 말미암아 끊을 수 없는 고리가 생겼다. 비록 두 살 위라지만 한 번쯤은 그에게 어리광이라도 부리고 싶었다. 이제 식구가 생기면 신기하고 반갑겠지. 그의 눈빛이 불안했다.

"아이라고! 어떻게 하지?"

"내 아이라고 하면 안 돼. 그러면 죽어버리겠어."

그때, 나이 많은 남편과 며느리가 생각났다. '어떤 경우라도 그 애는 살려라' 양반 후손, 그게 무엇이 대단하다고, 저런 철부지를 두고 어떻게 저승길을 떠났나.

그의 거부의 말에 원망 하나 할 수 없었다. 내 인생의 업이다. 자업자득이다. 굶지 않고 호강하고 싶어 경솔한 선택이 준 업이다.

짓누르는 무거운 답답함에 시달리며 아이 셋을 낳았다. 모두 아들이었다. 신통하게도 아이들은 아버지 쪽을 닮지 않았다. 험한 세상에 외톨이로 버려진 후손에 대한 간절한 마음인지 모른다.

그는 아이들을 싫어했다. 아이들이 눈앞에 얼씬거리는 것도 싫어했다. 모든 일은 그녀의 몫이었다. 정말 아무것도 할 줄 모르는 남자였다. 외출은 하지 않고 신문이나 잡지를 보는 것이 일과였다. 신문이나 잡지는 무엇 때문에 보는지 알 수 없었다. 그의 정신상태는 현실과 거리가 멀었다. 옹고집 덩어리였다. 그녀와 타협도 전혀 없었다. 힘들어하는 덩치 큰 아기였다. 그녀의 삶에서 떨어지지 않는 거머리였다.

"내게 여자는 오직 할머니뿐이야."

"할머니라는 말 좀 하지마."

"그러면 뭐라고 불러."

"그 말밖에 없어?"

나이 50이 되던 해였다. 어렵게 외출을 하고 돌아오더니, 혀 꼬부라진 소리로 그녀의 가슴에 대고 속삭였다. 그의 변화에 놀랐다. 지금까지 없었던 감정표시에 그녀는 놀랐다.

여자란 남자에게 열이어도 좋았던 시절에, 더구나 가난이 무서워 늙은이에게 시집온 서러운 운명으로 태어난 그녀에게, 그 말은 원망과 고생을 흐물흐물하게 해버렸다. 그 한마디를 기다리면서 일생을 그를 위해 바친 생애였다. 죽은 고집쟁이 늙은 남편에 대한 원망이 감사하는 마음으로 변했다. 이렇게 엮어준 남편이라는 끄나풀에게 감사하고 또 감사했다.

회장님이 약속 중에는 선미가 생각한 조건들이 모두 포함되어 있었다. 마지막으로 현재 지내고 있는 형편을 들은 회장님은 자신의 수첩에 메모를 했다. 또 선미의 전화번호를 메모하고 자신의 핸드폰 번호와 또 다른 전화번호를 알려주었다.

일주일 후에 선미는 이름있는 케이시티 아파트 1004호의 주인이 되었다. 아파트 주인이 되자, 그녀의 생활은 바뀌었다. 자신이 바라던 상류 생활로 접어들었다.

처음에는 회장님 부인과 가족들에 대한 불안감이 있었다. 일주일에 두 세 번 찾아오는 회장님에 대한 불편함도 있었으나, 극진히 대했다. 최선을 다하여 흡족히 만족시켰더니, 돌아갈 때에는 아쉬움으로 발걸음을 떼지 못하였다.

곧바로 아이가 들어섰다. 딸이었다. 회장님은 서운했지만 가족들도 전과는 달라졌다. 인정하는 분위기였다. 처음에는 캐디로 일하던 아가씨가 늙은 회장님을 꼬드겨 벌어진 일이라, 곧 헤어질 것이라 여겼다. 그러나 그 몸에서 아이가 생기고부터 생각들이 달라졌다. 확 바뀌었다.

젊은 나이에 나이 든 남자의 아이까지? 나이 많은 아버지가 아들 하나 얻으려는 욕심으로 희생된 젊은 아가씨를 안쓰럽게 생각했다. 온 가족들이 안타깝게 여겼다.

시간은 가려면 혼자나 가지, 그렇게 선미를 좋아하며, 자주 찾던 회장님도 구십을 넘지 못하고 팔십칠세에 세상을 떠났다.

당신의 자화상

펴 낸 날 2024년 11월 11일 발행
지 은 이 홍승룡

펴 낸 곳 장수출판사
출판등록 제2014-00049호
등록일자 2014년 10월 24일
주   소 대전광역시 동구 태전로 43
전화번호 042-628-6009
팩스밀리 042-367-6009
전자우편 jangsu-book@daum.net

값 18,000원

ISBN 979-11-92188-06-5

* 이 사업은 대전문화재단에서
  사업비의 일부를 지원 받았습니다.